동양고전

시리즈

노빈손의 못 말리는 우정 수호 대작전

초판 1쇄 발행 2014년 1월 28일

지은이 박은철
일러스트 이우일
펴낸이 고영은 박미숙

편집이사 인영아 ｜ 편집장 이준희 ｜ 책임편집 장은선
뜨인돌기획팀 박경수 강은하 김현정 김영은 장은선 홍신혜
어린이기획팀 이경화 여은영 ｜ 디자인실 김세라 오경화
마케팅팀 이학수 오상욱 진영수 김은숙 ｜ 총무팀 김용만 고은정

펴낸곳 뜨인돌출판(주) ｜ 출판등록 1994.10.11(제2011-000185호)
주소 121-896 서울시 마포구 성미산로 6길 45
홈페이지 www.ddstone.com ｜ www.nobinson.com ｜ cafe.naver.com/nobinson4u
대표전화 02-337-5252 ｜ 팩스 02-337-5868

ISBN 978-89-5807-498-4 03810
(CIP제어번호 : CIP2014002168)

노빈손의 못 말리는 우정수호 대작전

사기 ② 판포지교

박은철 지음 ● 이우일 일러스트

뜨인돌

　제아무리 외모가 영화배우 급이고, 인간계 최고의 학교를 졸업했으며, 중동의 왕족들처럼 재산이 많다고 해도, 진정한 친구가 한 명도 없다면 그 사람의 인생을 어떻게 평가할 수 있을까요?

　내가 잘나고 잘나가서가 아니라 나의 있는 모습 그대로, 부족하고 연약한 것조차도 받아 주는데다 나도 모르는 나의 가능성과 잠재력을 발견해 주는 친구. 그 어떠한 변화와 어려움이 닥친다 하더라도 끝까지 믿어 주고 늘 나의 곁에 함께 있어 주는 친구. 이런 친구가 있다면, 또 내가 누구에게 그런 존재라면 정말 행복하겠죠?

　저는 우리나라의 학생들이 친구 관계 때문에 어려움을 겪는다는 이야기들을 보고 들으면서 마음이 정말 많이 아팠어요. 그래서 관포지교라는 유명한 우정 이야기를 들려주고 싶어서 이 책을 쓰게 되었답니다.

　사마천의 『사기』에는 「관안열전」이 실려 있습니다. 중국 춘추 시대 제나라에 살았던 관중과 포숙아의 이야기를 읽어 보면, 그들이 우정에 관한 고정관념들을 여지없이 깨트리고 있음을 알 수 있습니다. 관포지교는 깊이의 차원이 다른 우정 이야기이지요. 그래서 진정한 친구와 참다운 우정이란 무엇인가에 대해 많이 배우고 생각하게 해 줍니다.

고사성어는 단순한 단어가 아니라, 감동적이거나 의미 깊은 역사적 사실을 서너 글자로 응축시켜 빚어낸 것입니다. 그렇기에 고사성어를 배우는 시간은 고리타분한 지식을 머릿속에 억지로 집어넣는 시간이 아니라 고대 동북아시아 역사와 문화의 정수를 맛볼 수 있는 시간입니다. 네 글자 속에 담긴 지혜를 얻기 위해 역사의 현장 속으로 들어가 맘껏 상상력을 발휘하다 보면, 어느새 그 고사성어를 내 것으로 만들고 새로운 지혜를 얻게 될 것입니다.

이제 우리의 노빈손과 함께 '관포지교 이야기' 속으로 모험을 떠나려고 합니다. 이 흥미진진한 여행을 마치고 돌아오면, 누구든지 마음의 키가 훌쩍 자란 멋진 친구가 될 수 있을 거예요. 덤으로 한자 실력까지 짱짱해질 수 있어요.

준비됐나요? 그럼 출발!

박은철

노빈손

용감함과 비겁함을 넘나들며 춘추
시대 제나라를 주름잡는 우리의 희망.
궁녀에서 노파에 이르기까지 세대를
초월한 여성 팬들을 확보하며 분발한 끝에 관포지교란
고사성어를 만들어내는 데 결정적 역할을 한다.

관중管仲

백만 안티부대를 양성할 뻔했던 원초적 이기주의자.
매의 눈을 가진 냉철한 사내이나 홀어머니에겐 더없는 효자.
친구 잘 둔 덕에 중국 역사상 최고의 재상이 된 행운아.

포숙아鮑叔牙

고대 중국 우정의 아이콘. 탁월한 킹메이커 겸
인재 스카우터. 관중에 대한 평정심을 유지하기 위해
안정제를 장기 복용한 신경성 위궤양 환자.

소백小白 왕자

제나라 희공의 셋째 아들로 엄친아이자 공부의 신.
훗날 제나라의 16대 왕 환공으로 즉위함. 차분하고
침착한 성품 속에 감춰진 폭발적 예능감과 깨는
패션 감각의 소유자.

규紏 왕자

제나라 희공의 둘째 아들로 야망 사이즈 XXL의 몽상
가이자 차남 컴플렉스병 환자. 막강한 추진력을 갖추었
으나 성격이 조급한 신경질쟁이. 제일 유력한 제나라의 차기 대
권 주자였으나, 마지막 도박의 대가로 목숨을 잃는 비운의 왕자.

소홀召忽

원래 관중의 안티 중 한 명이었으나 포숙아의 설
교를 들은 후 마음을 바꿔서 관중의 친구가 됨. 사
상보다 근육이 울퉁불퉁한 상남자. 의리를 지키기
위해 규 왕자와 죽음을 같이한다.

노피

관중의 홀어머니로, 투암(바위 던지기) 종목 여자 부문의
비공인 세계 신기록 보유자. 산악에서 호환으로 피해를
입을 뻔한 노빈손을 구해 주며, 후에 호떡집을 차린다.

제나라의 명재상 관중은 이러한 말을 남겼다.

生牙者父母 知雅者鮑子
생 아 자 부 모 지 아 자 포 자

나를 낳아 준 분은 부모지만 나를 알아 준 사람은 포숙이다

"마지막으로 할 말은?"

사형 집행을 담당한 판관 엄정한(嚴正漢)이 눈초리를 뱀눈처럼 추키고는 차갑게 물었다.

훼에에에엥.

주변에 늘어선 막사 깃발들이 오밤중의 도둑고양이 같은 스산한 소리를 내며 나부꼈다.

"저로 말할 것 같으면 백 년에 한 번 날까 말까 한 초특급 인재인데, 이렇게 사라져 버리면 제(齊)나라에도 큰 손실입니다. 우리나라의 미래를 위해서라도 저를 살려 주셔야 될 겁니다."

굵고 튼튼하게 꼬인 동아줄에 단단히 묶인 채 엄정한 앞에 무릎 꿇고 있던 남자가 당당하게 대답했다. 그러더니 혼잣말로 덧붙였다.

"뭐, 내가 죽으면 나만 손해 보나. 나라가 더 큰 손해지."

"저, 저런 개념을 국에다 말아먹은 천하의 철면피鐵面皮 같으니라고. 비겁한 상습 탈영병 주제에, 살고 싶다는 말을 저렇게 뻔뻔하게 내뱉다니!"

화가 난 엄정한은 미간에 잔뜩 주름을 잡고는 판결문이 쓰인 죽간을 좍 펼쳤다.

"에, 천자의 나라인 주(周)나라 황실이 힘을 잃은 후, 지금 천하는 혼란의 시대를 맞았다. 이에 우리 위대한 제나라는 천하를 바로잡고

鐵
面
皮

철면피 ————

쇠 철鐵 | 낯 면面 | 가죽 피皮 쇠로 만들어진 것 같은 두꺼운 낯가죽이란 뜻으로, 뻔뻔스럽고 염치없는 사람을 일컫는 말. 예) 다리가 불편한 사람에게도 자리를 양보하지 않다니, 철면피가 따로 없어.

새로운 시대를 열어 가고자 군대를 일으켰다. 이는 거스를 수 없는 하늘의 명이다. 허나! 관중은 세 차례나 탈영을 했다. 목숨을 걸고 지켜야 할 자리를 헌신짝처럼 내버려 제나라 군대의 명예를 땅에 떨어뜨리고 전우들을 배신했다! 이에 관중에게, 마땅히 죽음으로서 그 크나큰 부끄러움을 갚으라 명한다!"

벌떡 일어난 엄정한은 목에 검푸른 핏줄기를 세우고 소리쳤다.

"당장 사형을 집행하라!"

그가 홀을 잡은 손을 치켜올리자 비단 도포자락이 바람에 펄럭였다. 휘리릭! 관중을 둘러싸고 있던 병졸들이 일제히 들고 있던 창을 뻗어 집행 개시를 알렸다. 까아아악 까아~악. 어디선가 까마귀 떼들이 나타나 공중을 맴돌기 시작했다.

겉으로는 아무렇지 않은 척하고 있던 남자도 죽음의 공포가 걷잡을 수 없이 커지는 것을 느끼고는 부르르 떨었다.

이윽고 머리를 산발한 망나니가 육중하면서도 끝을 예리하게 벼려 번뜩이는 참수용 도끼를 휘두르며 춤을 추기 시작했다. 몇몇 병졸들은 그 무시무시한 춤을 차마 보지 못하고 고개를 돌렸다.

바로 그때였다.

"처형은 아니, 아니, 아니 되오~."

누군가가 처절하게 절규하며 뛰쳐나와 양팔을 벌리고 망나니를 막아섰다.

"이 사람 관중은 제 죽마고우竹馬故友입니다. 제발 제 말을 한번만 들어 주십시오."

죽마고우

대나무 죽竹 | 말 마馬 | 옛 고故 | 벗 우友 대나무로 만든 말을 타고 함께 놀았던 친구라는 뜻으로, 아주 어린 시절부터 함께한 오랜 친구를 가리킨다. 예) 말숙이와 나는 진짜 죽마고우라니까.

竹馬故友

뛰어나온 사내가 크고 깊은 눈망울에 눈물을 가득 담고 호소했다.

"이 친구에게는 고령의 홀어머니가 있습니다. 그런데 얼마 전 그의 어머니가 갑자기 행방불명되셨다는 소식을 듣고 긴급히 집으로 돌아가 볼 수밖에 없었던 겁니다. 결코 목숨이 아까워 야반도주夜半逃走할 비겁한 사람이 아닙니다. 아시다시피 관중은 우리 부대에서 최고의 궁수로 여러 전투에서 혁혁한 공을 세워 오지 않았습니까? 부디 선처를 부탁드립니다."

이곳저곳에서 웅성웅성거리는 소리가 들리기 시작했다.

야반도주

밤 야夜 | **반 반半** | **달아날 도逃** | **달릴 주走** 남의 눈을 피해 한밤중에 도망친다는 뜻이다. 예) 야밤도주가 아니라 야반도주가 맞는 말이라구.

夜半逃走

"어라? 저 친구는 올해의 병졸상을 3년 연속으로 수상한 포숙아 아니야?"

"포숙아가 왜 비겁한 상습 탈영병 따위를 변호辯護하지? 탈영은 무조건 사형인데 말이야."

포숙아는 집행관을 바라보며 말을 이었다.

"제가 보증을 서겠습니다."

엄정한이 날카로운 목소리로 물었다.

"뭘 어떻게 보증을 선다는 것이냐?"

"제가 대신 묶여 있겠으니, 관중을 보내 어머니를 찾아오게 하십시오."

그러자 주변이 다시 술렁거렸다.

"저 포숙아는 어릴 때부터 관중이라면 무슨 짓을 해도 다 이해해 주었다고 하더니, 이제는 목숨까지 거네 그려. 무모한 도전으로 보이는데 말이야."

"입대 전에도 둘이서 먹과 종이 장사를 했는데, 관중이 이익금의 대부분을 챙겼다더군. 그런데 저 미련퉁이 포숙아는 관중이 자기보다 훨씬 더 가난하니까 더 가지는 게 당연하다고 했다잖나. 도대체 사람이 좋은 거야, 멍청한 거야?"

"잘난 척 대마왕인 관중이 멀쩡한 친구 하나 잡겠어. 보나마나 탈영해서 안 돌아올 게 뻔해."

한편 엄정한은 부하에게 포숙아에 대한 귀띔을 받고는 말했다.

"좋다. 올해의 병졸상을 수상한 네가 그렇게까지 말하니, 기회를 한

변호

말 잘할 변辯 | 보호할 호護 남을 위하여 변명하고 감싸서 도와준다는 뜻이다. 예) 네가 변호해 준 덕분에 선생님께 덜 혼났어. 고마워.

번 주겠다. 사흘 뒤 서산에 해가 지기 전까지다. 만약 관중이 돌아오지 못하면 네가 대신 사형당한다는 것도 알고 있겠지? 정말 할 텐가?"

"네, 기꺼이 그렇게 할 것입니다."

엄정한은 못 믿겠다는 표정이었다.

"목숨을 걸 만큼 관중을 믿는 건가?"

"관중은 그냥 친구가 아닙니다. 또 다른 저입니다. 그런 친구가 있는 인생은 언제 죽어도 후회 없습니다. 믿음이라는 과실을 맺지 못하는 우정을 우정이라고 부를 수 있겠습니까?"

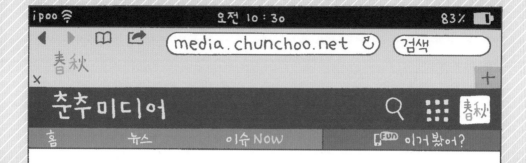

초대 재상에 강태공,
"성공 신화가 쓰일 것" VS "애초부터 낚인 것" 논란 가열

천하의 새로운 주인으로 급부상하고 있는 주나라의 문왕이, 무명의 백발 노인 강태공을 첫 재상으로 삼은 것에 대해 안팎의 관심이 고조되고 있습니다. 더욱이 신임 재상은 결혼 후 수십 년 동안 자발적 미취업 백수 신세로, 한낱 낚시터 죽돌이였다는 것이 주변인들의 증언입니다. 게다가 구부러지지 않은 일자형 낚시 바늘만을 고집하는 무개념 낚시법을 사용했기에 고기를 낚아 생계를 유지하는 것조차 하지 못했다고 합니다. 그 때문에 생활고를 견디다 못한 아내가 오래전 가출한 상태이며, 그동안 독거노인 생활을 해온 개인사도 함께 밝혀지고 있습니다.

문왕이 '정치 9단'으로 불리는 만큼 그의 안목을 믿어 보자는 의견들도 있으나, 많은 사람들은 나이가 지나치게 많고 아무런 경력도 없는 강태공을 향해 불안한 시선을 거두지 못하고 있습니다.

이에 대해 문왕은 나이는 숫자에 불과하다며, 위수 강변에서의 즉석 캐스팅임은 인정하나 직접 일대일 다각도 심층 면접을 실시하였으니 자신의 판단이 결국 옳을 거라며 강하게 자신하고 있습니다.

춘추뉴스 인턴기자 Gamulchi

| 강태공 프로필 |

본명　　강상(姜尙). 주문왕이 '조부가 갈망하던 인재'라며 태공망(太公望)이란
　　　　　닉네임을 붙여 준 후 강태공으로 개명 신청 중임.

출생지　동해

학력　　기록된 자료 없음. 자기 주도 학습을 한 것으로 추측됨

경력　　조회 자료 0건

재산　　통장 잔고 제로, 기초수급생활 대상자

취미　　낮잠

특기　　민물 낚시터에서 죽치기

저서　　『한 권으로 끝내는 병법 – 육도(六韜)』(미출간 상태)

| 강태공 기자회견 동영상 보기 |

"…매일 낮잠 잔 것은 나의 배터리를 충전하기 위함이었고
강가는 여러 세상을 접하는 교실이었으니
나는 물고기가 아니라 세월을 낚고 있었던 것이오."

| 관련기사 목록 |

■ 강태공 '아내가 돌아온다면 이미 엎질러진 물은 다시 담을 수 없다고 말할 것' 파문

■ 강태공, 알고 보니 「낚시춘추」 편집장? 과거사 심층보도

■ 제나라 제후로 강태공 유력, 그러나 떡밥론도 만만찮아

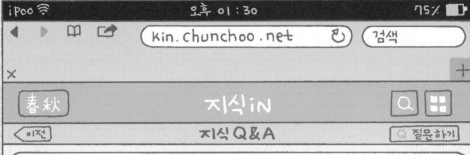

春秋　　　　　　**지식in**　　　　　🔍 ▦

(이전)　　　　　지식 Q&A　　　　　(질문하기)

 Q 제나라 왕이 강태공이라는데 진짜인가요? Choding****

저기, 강태공이 이번에 제나라의 초대 왕이 되었다던데 어떻게 된 건가요? 원래 백
수였다고 들어서 궁금한데요. 내공 많이 드릴게요. 하지만 헛소문은 사양합니다.

 Re: 제나라 왕이 강태공이라는데 진짜인가요? SSogari1100

강태공은 개국 일등 공신이라, 상으로 제나라 땅을 받은 제후입니다. 역할로 본다
면 제나라의 왕이라고 할 수도 있겠네요.
강태공이 주나라 문왕과 무왕 2대에 걸쳐 재상을 지낸 건 아시죠? 이 분의 도움으
로 주 왕조가 은 왕조의 뒤를 이어 천하를 지배하게 되었습니다. 그런데 정복해 놓
고 보니 다스려야 할 땅들이 이전 시대보다 너무 넓고 커진 거예요. 그래서 효과적
으로 통치하기 위해, 왕족과 공신들을 제후로 삼아서 그들에게 영토를 나눠 주고
대대로 다스리게 하는 생소한 제도를 처음 실시했습니다. 이게 바로 그 유명한 봉
건제도라는 거죠!

▶ 답변 감사합니다. 그런데 최근 강태공이 조강지처를 버렸다는 소문이 있던데요?

아하, 올해 최고의 유행어로 떠오른 복수불반분(覆水不返盆)에 대해 들으셨나 보네요. 솔
직히 말해서, 강태공은 주문왕에게 스카우트되기 전까지는 경제력이라곤 눈꼽만큼도 없는
낚시터 백수였지요. 본인은 '세월을 낚고 있었다' 고 극구 주장했지만, 강태공의 부인이었
던 마씨는 결혼 초부터 시작된 생활고를 견디다 못해 그만 보따리를 싸서 도망가 버렸대
요. 이후에 강태공이 제나라의 제후가 되어서 전용 황금마차를 타고 퍼레이드를 할 때, 예
전 부인이었던 마씨 할머니가 찾아와 다시 결합하자고 사정했죠. 사람들이 다들 지켜보는

가운데, 강태공이 대답은 하지 않고 마씨 할머니한테 물 한 동이를 떠 오라고 시켰지 뭡니까. 지켜보던 사람들은 다들 영문을 몰라 어리둥절했었죠. 그런데 이 분이 마씨 할머니가 떠온 물을 땅에다 모두 쏟아 버리더군요. 그리고는 물동이에 물을 다시 담아 보라는 황당한 미션을 할머니에게 주는 겁니다. 그런 게 당연히 가능할 리가 없죠. 그러자 강태공은 "한번 엎지른 물은 다시 그릇에 담을 수 없고(覆水不返盆) 한번 떠난 아내는 돌아올 수 없는 것이오."라고 말하고 떠나더라구요. 이게 소문이 멀리도 났나 봐요. 강태공 태후님, 보기완 다르게 은근 뒤끝 작렬하시는 듯?

▶그런 일이 있었군요. 감사합니다. 그런데 제나라가 어딨나요? 지리를 잘 몰라서요.

그럼 최신 지도 한 장 투척합니다.
보시면 아시겠지만 제나라는 동쪽에 바다가 있어서 소금도 얻을 수 있고요. 앞으로 청동을 뛰어넘을 최첨단 소재로 평가받는 철이 땅속에 매장되어 있다고 하네요. 능력치 높은 왕에다 풍부한 지하 자원까지… 완전 부럽죠? 답변이 되셨길 바라요~.

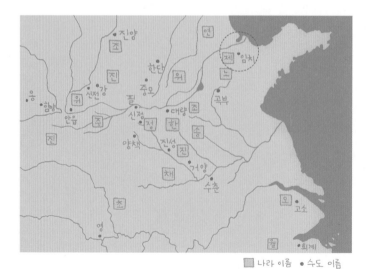

■ 나라 이름　● 수도 이름

1장

위기의 노빈손

"헥헥, 도대체 어디가 길이란 말이냐? 아이고야 힘들어라. 헤에엑…… 헤엑."

맹상군의 명으로 새로운 정보를 찾아 나선 노빈손은 그만 길을 잃어버린 채 산속에서 헤매고 있었다.

바위 사이의 길로 접어든 지 몇 시간째, 어느덧 땅거미가 내려앉았고 사방의 어둠이 노빈손에게로 스멀스멀 기어왔다.

솥~쩍다~ 솥~쩍다~.

밤이 깊어지자 여기저기서 소쩍새들이 울어 대기 시작했다.

"소쩍새가 울면 풍년이 든다는 속담이 있지. 농부들은 좋겠다. 하지만 내 마음은 싱숭생숭, 이렇게 많이 걸었는데도 앞길은 오리무중五里霧中. 완전히 깜깜해지면 사나운 들짐승들이 나올지도 모르는데."

아우~아우~~아우우.

노빈손의 혼잣말이 끝나기 무섭게 늑대가 울부짖는 소리가 들렸다.

"아이구, 엄마야. 늑대가 활동을 시작했구나. 늑대 밥이 되기 전에 안전한 곳을 찾아야 해."

후두둑, 물방울이 한두 개 떨어지더니 곧이어 비가 세차게 쏟아지기 시작했다.

"뭐야? 비까지 내리는 거야? 춥고 배고프고 무섭고 외롭구나. 비 맞

오리무중

다섯 오五 | 거리단위 리里 | 안개 무霧 | 가운데 중中 일의 갈피를 잡을 수 없거나 사람의 행적을 전혀 알 수가 없는 상태를 이르는 말이다. 예) 후한 시대 장해는 안개를 뿜는 도술로 몸을 숨겼는데 이 안개가 5리에 이른다고 하여 '오리무'로 소문이 났습니다. 이것이 오리무중의 유래죠.

으면서 노숙하다가는 들짐승 밥이 되거나 얼어 죽고 말 거야. 흑흑."

막막해진 노빈손은 눈물이 날 것 같은 나머지 그 자리에 주저앉았다. 그러나 다음 순간 벌떡 일어났다.

"아냐! 하늘이 무너져도 솟아날 구멍은 있다고 했어, 노빈손! 그 백절불굴百折不屈의 패기는 다 어디다 팔아 버렸냐? 어서 비를 피할 곳부터 찾자."

노빈손은 봇짐이 젖지 않도록 한 손으로 안고, 다른 한 손으로 길 한쪽의 바위를 더듬으며 조심조심 앞으로 나아갔다. 그러고 있는데 더듬던 손이 갑자기 쑥 꺼졌다.

"앗! 이것은? 무슨 굴 같은데……."

노빈손은 얼른 허리를 굽혀 손바닥을 땅에 짚고 안으로 기어 들어갔다.

"이거, 몇 사람은 충분히 들어올 수 있는 공간 같네. 신기하게 온기도 있고 아늑하구나. 축축하지도 않고. 역시 난 세기의 행운아야."

노빈손은 얼른 젖은 옷을 벗어 물기를 짜고 봇짐에서 다른 옷을 꺼내 입었다. 석 달 동안 입고 넣어 둔 옷이라 냄새가 좀 나는 것 같긴 했지만, 축축하지 않은 것만으로도 살 것 같았다. 봇짐을 안고 굴 한쪽 바위벽에 기대자 눈꺼풀이 천근만근 무거워졌다.

"드르렁 드르렁."

노빈손은 곧 코를 골기 시작했다.

백절불굴

일백 백百 | 꺾을 절折 | 아닐 불不 | 굽힐 굴屈 백 번을 꺾여도 굽히지 않는다는 뜻으로, 어떠한 어려움에도 굴복하지 않음을 말한다. 예) 우리나라의 역사는 수많은 침략을 이겨 낸 백절불굴의 역사라고 할 수 있지.

얼마나 잤을까.

어디선가 나타난 말숙이가 이종격투기 선수처럼 플라잉 니킥으로 노빈손을 걷어찼다.

"야, 사고뭉치 노빈손! 내 허락도 없이 도대체 어디 갔다가 이런 데서 자고 있냐? 나한테 반항하는 거야? 불꽃 하이킥으로도 모자라서 핵주먹까지 맛보고 싶다는 의지야?"

"미…미안해. 말숙아, 이렇게 된 데에는 구구절절句句節節 사연이 좀 길어."

"구차한 변명은 사절한다. 이거나 받아."

말숙이는 뭔가를 품에서 꺼내더니 툭 던졌다.

"이게 뭐야?"

"툭하면 사라지는 네가 얄밉지만, 미운 놈 떡 하나 더 준다고 하잖아. 이 나말숙 님이 직접 아르바이트를 해서 목도리를 하나 샀어. 너 지금 심하게 추워 보여."

"이야, 역시 말숙이 너밖에 없다! 너는 정말 나의 은인이야."

목도리를 받아 들고 감격에 젖었던 노빈손은 문득 정신을 차렸다.

'말숙이가 나한테 이렇게 잘해 줄 리 없어. 이거 혹시 꿈?'

노빈손의 생각을 읽었는지, 말숙이가 주먹을 눈앞에서 흔들었다.

"네 천생연분天生緣分인 말숙이 님을 감히 의심한다 이거지? 내

句句節節

구구절절

글귀 구句 | 글귀 구句 | 마디 절節 | 마디 절節 하나하나의 모든 구절이라는 뜻으로, 편지나 글 따위의 사연이나 내용이 매우 상세하고 간곡하다는 말이다. 예) 노빈손은 자신이 억울하다는 주장을 구구절절 펼쳤다.

가 언제 너한테 피해 준 적 있어? 믿고 일단 둘러 보기나 해."

말숙이의 험악한 장난에 당했던 온갖 공포스런 기억이 머릿속에 떠올랐지만, 얼른 맞장구를 쳤다. 꿈이라고 해도 말숙이의 주먹은 역시 무서웠다.

"그래, 환상적인 극세사 목도리다. 정말 최고야. 고마워, 말숙아. 난 역시 너밖에 없어."

목도리를 걸치자, 목에 따뜻한 털의 기운이 느껴졌다. 기분이 좋아진 노빈손은 목도리를 두 번 더 휘감고는 매듭을 묶어 밑으로 확 잡아당겼다.

그때였다.

크아아아앙!

갑자기 천둥벼락이 한꺼번에 내려치는 것 같은 엄청난 굉음이 동굴 사방의 벽을 무너질 듯이 때렸다. 깜짝 놀라 꿈에서 깨어난 노빈손은 눈을 번쩍 떴다.

날은 이미 훤하게 밝아 있었다. 그리고 노빈손의 눈앞에 있는 것은 사납게 으르렁거리는 호랑이의 성난 얼굴이었다.

"호…호…호랑이닷! 아니, 내가 무슨 짓을 한 거야? 그럼 말숙이가 준 목도리가 호랑이 꼬리였단 말이야? 이런, 역시 말숙이를 믿는 게 아니었어."

"으허엉~."

호랑이가 커다란 입을 지옥문처럼 쩍 벌렸다.

"아…아… 미안해. 미안해. 살려 줘!"

───────────────────────────── 천생연분

하늘 천天 | 날 생生 | 인연 연緣 | 나눌 분分 하늘이 미리 정해 준 것같이 잘 어울리고 마음이 맞는 부부나 커플을 말한다. 예) 헤어졌었는데도 결국 이렇게 다시 만난 걸 보니 너와 나는 정말 천생연분인가 봐.

　　애원도 소용없이, 돌연 눈앞이 캄캄해졌다. 머리가 호랑이 입 속으로 들어간 것이다. 축축한 혀가 노빈손의 머리에 닿았다. 호랑이의 단단한 이빨이 어깨에 느껴졌다.

　　'아, 이렇게 허무하게 죽는 건가?'

　　눈을 꼭 감은 순간, 갑자기 몸이 내동댕이쳐졌다. 호랑이가 노빈손을 뱉은 것이다. 이어서 뒤로 주춤 물러선 호랑이가 앞발로 노빈손을 공 굴리듯이 굴리기 시작했다.

　　"어, 어, 왜 이러니? 너?"

　　호랑이 발에 채이는 노빈손의 등을 돌들이 마구 찔러 댔다. 그 너머

魂飛魄散

혼비백산

넋 혼魂 | 날 비飛 | 넋 백魄 | 흩을 산散 혼백이 사방으로 흩어진다는 뜻으로, 매우 놀라거나 혼이 나서 넋을 잃음을 이르는 말이다. 예) 놀이동산에 놀러갔다가 귀신의 집에 갇힌 말숙이는 혼비백산했다.

로 낭떠러지가 있는 것이 눈에 들어왔다.

"안 돼! 그만 멈춰. 제발!"

노빈손은 혼비백산魂飛魄散해서 호랑이에게 사정을 했다. 하지만 호랑이는 노빈손이 애원해도 아랑곳하지 않고 성큼성큼 낭떠러지를 향해 노빈손을 굴렸다. 한 번만 더 구르면 떨어질 절체절명絕體絕命의 위기였다. 노빈손은 극심한 공포에 휩싸였다.

"허어억, 호랑이 입에서 나와 낭떠러지로 떨어지네. 누가 나 좀 살려 줘요."

그때였다. 슈우우웅! 갑자기 나무 둥치 하나가 날아와 호랑이의 머리를 호되게 때렸다.

"깨갱!"

화들짝 놀란 호랑이는 노빈손을 굴리던 발길질을 멈추고 쏜살같이 도망쳤다.

 꽃보다 할매

한꺼번에 죽을 고비를 여러 번 넘긴 나머지 일어날 기운이 없었다. 얼굴로 바로 내리쬐는 햇빛이 눈부시다. 해를 등진 채 누군가가 다가왔다. 노빈손은 눈살을 찌푸리며 다가온 사람의 얼굴을 보려고 애

─────────────────────── 절체절명

끊을 절絕 | 몸 체體 | 끊을 절絕 | 목숨 명命 몸도 목숨도 다 된 것이라는 뜻으로, 몹시 위태롭거나 절박한 지경을 비유적으로 이르는 말이다. 예) 지금 우리는 죽느냐 사느냐 하는 절체절명의 위기에 놓여 있다.

썼다.

"누… 누구세요?"

"이놈이 기껏 살려 놨더니만, 어디서 인상을 쓰고 누워 있노? 어른이 왔는데 버릇없이 누워 있기나 하고, 응?"

상대는 헝클어진 백발에 눈이 움푹 들어가고 얼굴에 주름이 온통 쪼글쪼글하게 잡혀 있는 할머니였다. 빠진 앞니 사이로 걸쭉한 제나라 남부 사투리가 샜고, 스프링쿨러에서 떨어지는 물방울처럼 침이 마구 튀었다. 노빈손은 황급히 양팔을 올려 얼굴을 가리며 말했다.

"아~ 할머니! 강수량 조절 좀 해 주세요. 제가 지금 저승 문턱까지 갔다 와서 일어날 정신이 아니란 말이에요."

"이리 태평하게 누워 있을 시간 없다. 호랑이가 언제 돌아올지 모른다. 얼른 일어나 발바닥에 땀나게 뛰어야 한단 말이다."

"호랑이고 뭐고, 온몸에 기운이 하나도 없어서 꼼짝도 못하겠어요."

"어쭈, 여유 부리는 거 보니깐 이제 쪼매 정신이 들었나 보네. 이거나 묵고 기운 차려."

노파가 노빈손의 손에 빨간 열매들을 한 움큼 쥐어 주었다. 벌떡 일어나 허겁지겁 열매를 입에 털어 넣은 노빈손이 열매즙으로 흥건한 입 주변을 소매로 쓱 훔치며 물었다.

"혹시 할머니가 절 구해 주신 건가요?"

"그럼 천하일색天下一色, 설부화용雪膚花容, 모태미녀인 나 말고 여기 또 누가 있나?"

"도대체 어떻게 하신 거예요?"

천하일색

하늘 천天 | 아래 하下 | 한 일一 | 빛 색色 하늘 아래에서 으뜸가는, 매우 뛰어난 미모를 뜻한다.
예) 이 꽃은 천하일색이었던 전설적인 미녀 양귀비의 이름을 가진 양귀비꽃이랍니다.

"휴우~."

할머니는 땅이 꺼져라 한숨을 쉬며 말을 이었다.

"사실 내는 우리 아들 찾을라꼬, 발바닥이 다 닳도록 밤낮으로 돌아다니고 있다 아이가. 그런데 아까 저짝을 지나는데, 갑자기 엄청시럽케 큰 호랭이 비명이 들리는 기야. 그래가 얼른 그짝을 보이께, 거짓말 쪼매 섞어 집채만 한 호랭이가 수박통 같은 걸 굴리고 있는 기라. 나는 처음엔 그게 사람 머리인지도 몰랐다."

노빈손은 웃음을 지었다.

"헤헤, 제 머리가 수박처럼 둥글둥글 이쁘긴 하죠. 충분히 이해해요."

"니처럼 근거 없는 자신감으로 꽉 찬 아는 처음 본다 마."

노파는 노빈손의 반응에 혀를 끌끌 찼다.

"우쨌든, 왕년엔 내 별명이 소녀 장사였다 아이가. 그때는 힘깨나 쓴다는 남정네들 다 제치고, 바위 멀리 던지기 대회에 나가서 황소도 타 오고 그랬지. 지금 이 나이 묵어서도 썩은 나무 둥치를 하나 휙 뽑아 던지는 것쯤은 일도 아닌 기라."

"할머니가 직접 나무를 뽑아 던지셨다고요?"

"두말하면 잔소리, 세 말하면 숨 가쁜 소리지. 자꾸 한 말 또 하게 할 긴가?"

노파가 도끼눈으로 쳐다보자 노빈손이 손을 휘저었다.

"아, 알았다고요. 세상에, 왕년 소녀 장사 할머니라. 노익장이라더니 그건 바로 할머니를 두고 한 말이네요."

"그란데 오늘은 그깟 힘 쬐끔 썼다고 몸이 뻐근하네. 나이 이길 장

설부화용

눈 설雪 | 살갗 부膚 | 꽃 화花 | 얼굴 용容 눈처럼 흰 살갗과 꽃처럼 고운 얼굴이라는 뜻으로, 미인의 용모를 이르는 말이다. 예) 아무리 외모가 설부화용이라고 해도 맘씨가 고운 것이 더 중요한 법이지.

사 없다더니 내가 나이를 묵긴 묵었어. 야야, 여기 좀 뚜드려라."

"아무럼 해 드려야죠. 제 손이 약손인 건 또 어떻게 아셨어요?"

노빈손이 할머니의 등 쪽으로 성큼 다가가 앉았다. 그러자 할머니가 갑자기 고개를 뒤로 돌려 콧구멍을 벌렁벌렁거리더니 박장대소拍掌大笑를 하기 시작했다.

"오호호홋! 하이고, 배야. 이제야 니 기적적인 생존의 비밀이 쫙 풀렸구먼."

"비밀이라뇨?"

"니 코는 장식품이가? 니 몸에서 나는 냄새 한번 맡아 봐라."

"왜요? 저는 아무 냄새 안 나는데요?"

"자기 냄새니까 못 맡나 보구마. 지금 그거는 사람 냄새가 절대 아니데이."

노빈손이 뭐라고 할 새도 없이 할머니가 속사포로 말을 이었다.

"야~ 이건 죽은 지 족히 한 달은 지난 시체 냄새라고. 그래서 호랭이가 해치지도 않고 내다 버리려고 했던 기다. 아휴, 내가 호랭이라도 내다 버리지 않고는 못 배겼을 끼다."

할머니는 한 손으로 자기 코를 틀어쥐고 다른 한 손으로 연신 부채질을 하였다.

"헤헤. 빨래하기 귀찮아서 계속 똑같은 옷을 입었더니 냄새가 많이 나나요? 그래도 덕분에 호랑이한테 안 잡혀 먹혔으니 다행이네요. 게다가 낭떠러지로 안 굴러 떨어지게 할머니께서 구해 주셨으니 역시 전 행운아예요. 정말 고맙습니다."

박장대소

칠 박拍 | 손바닥 장掌 | 큰 대大 | 웃을 소笑 손바닥을 치며 크게 웃는다는 뜻으로, 주체할 수 없을 만큼 커다랗게 소리내어 웃는 웃음을 가리킨다. 예) 노빈손의 재치 있는 대답에 사람들은 박장대소하였다.

"그런데 여기는 무슨 나라인가요? 전 제나라에서 왔는데요."

노빈손의 질문에 할머니는 심드렁하게 대답했다.

"무슨 소리를 하는 기고? 여기가 제나라구마."

"아, 아직 제나라구나. 다행이다. 그럼 맹상군 아시죠? 소문 들으셨나 몰라. 제가 바로 진나라 탈출극에서 눈부신 활약을 펼친 유능하고 용감무쌍勇敢無雙한 정보 검색 요원 노빈손이거든요."

그러자 할머니가 반색을 하며 물었다.

"머라꼬? 맹상군? 야야, 그거 군대 맞재? 거기가 어디냐? 그리 가면 우리 아들 소식 알 수 있을 기야, 분명히. 알려 줘. 얼른! 빨리! 퍼뜩!"

"에휴~ 할머니. 맹상군은 군대가 아니라 사람이라고요. 제나라 사람이면 다 알 텐데요."

할머니는 그 자리에 털썩 주저앉아 넋을 놓았다.

"아이고, 좋다가 말았네. 난 또 맹상군이 무슨 군대라꼬. 맹상군인지 맹상양인지, 그런 사람 이름 듣지도 보지도 못했어. 아이고오~ 내 아들아, 니 지금 어딨노?"

"아드님 이름이 뭔데요? 제가 혹시 알지도 모르잖아요."

기운을 잃었던 할머니는 아들 이야기를 묻자 금세 생기가 돌았다.

"세상에 둘도 없는 우리 멋진 아들 말이냐? 내가 시집 와서 아이를

용감무쌍

용감할 용勇 | 감히 감敢 | 없을 무無 | 쌍 쌍雙 매우 용감하여 견줄 짝이 없다는 뜻으로, 다른 사람에 비할 수 없을 만큼 씩씩하고 두려움이 없는 사람을 이를 때 쓴다. 예) 용감무쌍한 경찰관 아저씨들이 강도를 붙잡았습니다.

못 낳다가 9년 만에 하늘이 점지해 준 늦둥이 내 아들 말이제? 금쪽 같은 우리 아들 이름은 관중이다. 관!중! 따라해 봐, 관중!"

"관중이라고요?"

노빈손은 깜짝 놀랐다.

"관중과 포숙아의 그 관중이요?"

"니가 우리 아들 친구는 어찌 아노?"

노빈손은 만화책 『사기』를 읽은 기억을 떠올렸다.

"아, 내가 맹상군의 전국 시대에서 군웅할거群雄割據의 춘추 시대로 시간을 거슬러 와 버렸구나."

할머니는 노빈손이 뭐라고 중얼거리든 상관하지 않고 아들 생각에 젖어 말을 이었다.

"사람 이름은 그 의미를 생각하며 불러 줘야 하는 기라. 우리 아들 이름은 어릴 때 스승님께서 친히 지어 주셨다. 이름에 관리자 할 때의 관(管)이 들어가니 큰 세상을 다스리는 인물로 청사靑史에 길이 빛날 끼야. 어떠냐? 멋진 이름이지."

노빈손이 피식 웃으며 대답했다.

"저도 아드님 이름에 딱 맞는 호를 생각해냈어요. 만원 관중 어때요? 아니면 백만 관중? 구름 관중도 잘 어울려요. 하하하."

"남의 귀한 아들 이름에 뭘 그렇게 갖다 붙이노? 그럼 니는 이름이 빈손이니까 호는 백수냐?"

할머니가 화를 버럭 냈다.

"농담이에요, 농담. 그런데 어쩌다가 아드님과 헤어지신 거예요?"

군웅할거

무리 군群 | 수컷 웅雄 | 나눌 할割 | 차지할 거據 여러 명의 영웅들이 각 지역을 차지하고 세력을 다투는 모습을 말한다. 예) 세계 축구는 유럽과 남미가 최강이었는데, 아프리카와 아시아 나라들의 전력도 강해지기 시작하면서 이제 군웅할거 시대로 옮겨 가는 양상이다.

群
雄
割
據

노빈손이 묻자 할머니의 주름살에 골이 더욱 깊게 파였다.

"우리 아들 군대 가서 입으라고, 내가 고생고생해서 방한 솜옷 한 벌 만들었다. 그런데 세상에, 아들을 전방으로 보내고 나서 집에 와 보니 이게 떡하니 있는 기라. 깜박하고 못 건네줬다 아이가. 아이고, 심란해라. 이거 방한 기능뿐 아니라 체형 보정 기능도 있어서, 제나라 제일가는 신사인 우리 아들 품격에 딱 어울리는데 말이다. 그래서 더 멀리 가기 전에 얼른 전해 주려고 길을 나섰다가 이리 헤매고 있다. 이 일을 우야꼬."

청사

푸를 청青 | 역사 사史 역사상의 기록을 말한다. 종이가 발명되기 전, 푸른 대나무 껍질을 불에 구워서 얇게 잘라 그 위에 붓으로 역사를 기록했던 것에서 유래했다. 예) 한산대첩의 빛나는 승리는 청사에 길이 남을 것이다.

青史

할머니는 옷고름으로 눈물을 연신 훔치다가 신주단지처럼 끼고 있던 보자기를 풀었다. 안에 솜을 대고 겉에 여러 조각의 천을 이어 붙인 누비옷이 보자기 안에서 나왔다.

"와, 정말 멋진 조끼예요. 할머니는 힘도 세신 데다가 솜씨도 좋으시네요."

노빈손이 자신의 가슴을 탁 쳤다.

"저를 구해 주셨으니 할머니께 보답하고 싶어요. 아드님을 찾을 때까지 도와드릴게요. 혼자보다는 둘이 나을 거예요."

"그래? 정말 그래 줄래? 그라믄 나야 고맙제. 이제 보니, 눈 코 입이 자유분방하긴 하지만 참 믿음직하게 생긴 얼굴이구마. 딸만 있으면 당장 사위 삼았으면 좋겠네."

노빈손이 고개를 절레절레 흔들었다.

"사위라니요? 농담이라도 그런 말씀 마세요. 제겐 오직 일편단심一片丹心 말숙이뿐이라고요."

할머니가 웃으며 말했다.

"말숙이라고? 가가 니 여자 친구가? 이름 한번 복스럽구마."

"그럼요. 하하하."

웃고 있는 두 사람 앞에 기기묘묘한 산봉우리들이 펼쳐져 있었다. 그 사이에 걸쳐진 운무가 한 폭의 수묵화를 그렸다. 무성한 나뭇잎들 사이로 추억처럼 햇빛이 흘렀다.

一片丹心

일편단심 ────

한 일一 | **조각 편片** | **붉을 단丹** | **마음 심心** 한 조각의 붉은 마음이라는 뜻으로, 오직 한 가지에 몰두하여 변하지 않는 마음을 이르는 말이다. 예) 난 오로지 말숙이에게 일편단심이야.

"사람들의 말로는 북쪽으로 계속 가믄 우리 아들 부대가 나온다 카더라. 북쪽을 따라 제대로 가고 있는지 모르겠다."

할머니가 불안해하자 노빈손이 안심시켰다.

"북극성을 따라가면 돼요. 북극성은 언제나 북쪽을 가리키고 있거든요."

"와, 고놈 참 똑똑하네. 우리 아들 관중에 비하면 조족지혈鳥足之血이지만서도. 그럼 밤이 될 때까지 기다려야 하나?"

노빈손이 손바닥으로 바위를 쓰윽 닦으며 말했다.

"이것 좀 보세요. 바위 이쪽 편에 이끼가 훨씬 더 많이 끼어 있죠? 제가 무인도에 표류했다 나온 뒤로 생존법에 대한 연구를 좀 했는데요. 이끼는 해가 안 드는 북쪽에 더 빽빽하게 자란대요."

"방향도 알았겠다, 천천히 갈 필요가 없네. 어서 뛰라 마."

험한 산길이었지만 할머니는 거의 날아다녔다. 오히려 노빈손이 헐떡거렸다.

"하, 하, 할머니! 좀 천천히 가요. 저 숨넘어가요. 헥~ 헥~."

"아직 새파랗게 젊은 것이, 그런 저질 체력 가지고 앞으로 뭐할라카노? 엄살 부리지 말고 어여 따라와. 난 한시가 급해."

"역시 이 세상 모든 어머니들은 위대하네요."

노빈손은 할머니의 속도를 따라잡느라 나뭇가지와 가시덤불에 이

─────────────────── 조족지혈

새 조鳥 | 발 족足 | 어조사 지之 | 피 혈血 새 발의 피라는 뜻으로, 아주 적은 분량을 비유적으로 이르는 말이다. 예) 여러 고수들에 비하면 제 실력은 아직 조족지혈입니다.

리 찔리고 저리 긁혔다. 여러 차례 비탈에 미끄러지느라 몸이 성한 데가 없었다.

이윽고 탁 트인 광활한 벌판이 노파와 노빈손의 눈앞에 펼쳐졌다.

"이얏호! 드디어 산에서 벗어났다. 살았다! 만세~ 만세~ 만만세!"

노빈손이 양손을 치켜들고 펄쩍펄쩍 뛰며 소리를 지르자 할머니가 면박面駁을 주었다.

"아이고 귀청이야. 시끄러, 이눔아. 우리가 언제는 죽었냐? 쉴 시간 없다. 퍼뜩 가자."

노빈손의 눈에 지평선 근처 언덕에서 연기가 모락모락 피어오르는 것이 보였다.

"할머니, 저것 보세요. 연기가 나는 걸 보니 사람이 사는 곳 같네요. 아유, 배고파. 어서 가서 밥 좀 얻어요. 며칠째 밥을 제대로 못 먹었더니 뱃가죽이 등에 딱 붙었어요. 지금 같아선 삼겹살 백 인분도 후딱 먹어 치울 수 있을 것 같아요."

노빈손과 할머니는 연기 나는 곳을 향해 뛰기 시작했다. 그런데 눈에 걸리는 무언가가 있었다. 노빈손이 앞서가던 할머니를 불렀다.

"여기 무슨 팻말이 있어요."

面駁

면박 ————————————

낯 면面 | 논박할 박駁 사람을 앞에 두고 꾸짖어 야단친다는 뜻이다. 예) 말숙이가 기념일을 잊어 버리면 어떡하냐면서 노빈손에게 면박을 주었대.

"야. 이게 뭐라고 써 놓은 거냐? 나는 여자라 글을 못 배웠다 아이가."

팻말을 뚫어지게 쳐다보던 노빈손이 머리를 긁적였다.

"음, 저도 잘 모르겠는데요. 뭐 저렇게 복잡한 글자들로만 쓰였는지 원……. 앗, 아는 글자 있다. 두 번째가 '근' 이에요."

"근? 무슨 근인데?"

"뜻이 기억 안 난다는 게 문제네요. 개근상장도 아닐 테고 두근두근도 아닐 테고, 연근 반찬, 복근 자랑은 더 아닐 테고. 그럼 도대체 뭐란 말이야? 이 지역에 대해 알려 주는 굉장히 중요한 말 같은데."

궁리하던 노빈손이 갑자기 무릎을 쳤다.

"맞다, 생각났어. '가까울 근' 이야! 원근법遠近法 같은 말에 쓴다고 학교 다닐 때 배웠던 기억이 나요. 음, 가까운 곳에 마을이 있다는 팻말이 아닐까요?"

"뭐라꼬? 그럼 얼른 가자."

노빈손과 할머니는 동시에 발을 내디뎠다. 그 순간 풀썩 땅이 꺼졌다.

"엄마야~!"

"아이쿠, 아야!"

두 사람은 깊이 파인 함정의 밑바닥으로 순식간에 굴러떨어졌다. 겨우 정신을 차린 노빈손이 말했다.

"이제야 나머지 글자들을 알겠어요. '접근엄금' 이었나 봐요."

"그걸 이제 생각해내면 우짜노? 아이고, 관중아. 이 일을 우야꼬."

───────────────────────────── 원근법

멀 원遠 | **가까울 근近** | **법 법法** 그림을 그릴 때, 사물의 거리가 먼지 가까운지 알 수 있게 표현하는 방법이다. 예) 이 그림은 원근법이 아주 잘 살아 있어서 마치 사진처럼 보여.

"할머니, 아무래도 그 연기가 군대에서 나는 연기였나 봐요. 이 함정에서 나가기만 하면 아드님이 있는 군대를 금방 찾을 수 있을 거예요."

그러자 할머니가 안절부절못했다.

"그라믄 여기서 빨리 나가야 하지 않겠나? 후딱 무슨 방법이든 써 봐라."

노빈손은 손톱을 세우고 벽을 기어오르려 했지만 실패했다. 깊게 파인 함정이라 속수무책束手無策이었다. 할머니가 안달했다.

속수무책

묶일 속束 | 손 수手 | 없을 무無 | 꾀 책策 손이 묶여 있어서 어찌할 방법이 없다는 뜻으로, 어떤 사건에 대해 대응할 방법이 없어서 꼼짝 못 한다는 말이다. 예) 노빈손이 교체 선수로 투입되자 잘 나가던 우리 팀이 속수무책으로 당하기 시작했다.

"야, 니 뭐하노? 빨리 나가야
한다니까!"

"휴~, 저도 답답해 죽을 것
같아요. 이 함정에서 빨리 나가
고 싶다고요. 하늘에서 동아줄
이 내려오면 얼마나 좋을까?"

울적해지려던 노빈손은 자신보다
더 우울해하는 할머니를 보고, 할머니의
기분을 풀어드리기 위해 구성진 목소리로 노래를 목 놓아
부르기 시작했다.

"나~~실제 괴에~로움 다아~잊으시고오~ 기르실~제 밤낮으로
애쓰는 마음. 지~~인자리 마른 자리 가아알아 뉘시며 손발이 다 닳
도록 고오오생 하시네. 아아아아~ 고마워라 스승의 사랑, 아아아~
보답하리 스으으승의 은혜."

구성진 노랫가락이 널리널리 퍼졌다. 그런데 갑자기 머리 위에서
어지러운 발걸음 소리가 들렸다.

"감히 군사 지역에서 어머니와 스승에 대한 노래를 섞어 불러서 제
나라 병사들의 마음을 심란心亂하게 만드는 놈이 누구냐? 어느 나
라에서 보낸 심리전 요원이냐?"

머리 위에서 딱딱한 목소리가 들려오자 할머니가 소리를 질렀다.

"어디다 대고 반말이고? 느그는 위아래도 없나? 어디 어른한테!"

노빈손이 말했다.

심란

마음 심心 | 어지러울 란亂 마음이 평온하지 않고 어수선하다는 뜻이다. 예) 무인도에 떨어진 노
빈손은 심란한 표정으로 모래밭에 낙서를 했다.

心
亂

"이 할머니는 틀림없는 제나라 사람입니다. 저는 할머니가 아들 찾는 일을 돕고 있을 뿐이구요. 저 할머니의 아들 역시 용감한 제나라의 병사입니다. 저흴 꺼내 주시면 금방 아실 수 있어요."

"시끄러! 군사 재판소로 끌고 갈 테니 결백은 거기서 주장하도록."

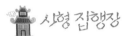
사형 집행장

까악 까아아악 까아악 까악.

다시 까마귀들이 하나 둘 날아들어 공중을 빙빙 돌았다.

"마지막 할 말은?"

엄정한이 관중 대신 묶인 포숙아에게 물었다. 나무에 묶여 며칠을 보낸 포숙아는 광대뼈가 쑥 불거져 나올 정도로 핼쓱해져 있었다.

"아… 직, 해… 가 손톱만큼… 남… 아 있… 습니다."

포숙아의 허옇게 부르트고 갈라진 입술 사이로 말이 가느다랗게 새어 나왔다.

"제… 친구 관중은 반… 드시 돌아… 올 겁니다. 하지만 돌아오지 못한다고 해도 전… 괜찮습니다."

포숙아는 말을 끝까지 이었다.

"만… 약 늦게라도 돌아오면 부디… 관중을… 선… 처해 주… 십

추호

가을 추秋 | 털 호毫 가을이면 짐승의 털이 매우 가늘어지는 데에서 유래했는데, 가을을 맞은 짐승의 털만큼 아주 작다, 조금이다라는 뜻이다. 예) 아무리 큰 어려움이 닥친다고 해도 포기할 생각은 추호도 없어요.

시오."

엄정한은 팔을 치켜들었다.

"추호秋毫도 인정사정 볼 것 없다. 포숙아의 사형 집행을 시작하라!"

바로 그때였다.

히히잉~ 푸르르르~.

사람을 태운 말이 한 마리 달려와 멈춰 섰다.

"앗, 저 사람은?"

그 자리에 모인 병사들이 술렁였다. 말 위에 타고 있는 사람은 다름 아닌 관중이었다.

"관중이 돌아왔다!"

"우리 모두의 예상을 보기 좋게 뒤집었구먼."

풀려난 포숙아는 기쁨을 감추지 못하고 환호성을 지르며 한달음에 관중에게로 달려갔다.

"누가 뭐라고 해도 나는 자네가 돌아올 줄 알고 있었네. 하지만 사실 마지막엔 좀 긴장했어. 말도 제대로 못할 정도로 떨리더라고. 자네 얼굴을 보니 이제야 말이 술술 나오네. 역시 자네는 내 친구였어."

포숙아는 관중을 얼싸안으며 감격에 겨워하다가 정신을 차리고 물었다.

"아, 내 정신 좀 보게나. 자당慈堂께서는 어디 계시는가?"

그때까지 뻣뻣하게 서 있던 관중이 심드렁하게 대답했다.

"어머니는 결국 찾지 못했네."

———————————————————————— 자당

사랑할 자慈 | 집 당堂 자애로운 어머니라는 뜻으로, 남의 어머니를 높여 부르는 말이다. 예) 자네 자당께서는 아직도 여전히 정정하시더군.

포숙아의 표정이 심각해졌다.

"아… 아… 자네! 그럼 어머니를 찾지 못했어도 나를 살리려고 돌아온 것이란 말인가! 자네가 이렇게까지 날 생각할 줄은 몰랐군. 고마우이."

"그게 아니야. 그동안 지리학을 지지리도 지루하다고 무시했었는데, 내가 잘못 생각했었다는 것을 알게 되었다네."

"뜬금없이 지리학이라니?"

"여기가 저기 같고 이 길이 저 길 같아서 뱅글뱅글 돌다 보니 다시 부대로 돌아오게 된 거란 말일세. 특별한 이유는 없다네. 패~앵!"

관중은 말끝에 코를 풀더니 훌쩍거렸다.

"이건 늦지 않아서 다행이라는 뜻의 눈물이 절대 아닐세. 갑자기 코가 간지러워진 것뿐이네. 살아 있는 자네를 보니 반가워서 나는 눈물이 절대 아니란 말이네."

포숙아는 관중을 한 번 더 껴안았다.

"자네 마음은 누구보다 내가 아네."

감동적인 상봉 장면이었다. 찔러도 피 한 방울 나올 것 같지 않은 집행관 엄정한도 잠시 고민하는 눈치였다. 하지만 이내 냉정을 되찾고 얼음장같이 차가운 목소리로 말했다.

"관중은 죽음을 무릅쓰고 약속을 지키러 돌아왔으나 어머니를 모셔오지 못했다. 어쨌든 판결은 판결이니, 포숙아를 무죄방면無罪放免하고 원래의 판결대로 관중을 처형하도록 하겠다. 여봐라! 관중을 포박하고 사형을 집행할 준비를 해라!"

無
罪
放
免

무죄방면 ──────────────────────

없을 무無 | 허물 죄罪 | 놓을 방放 | 벗어날 면免 죄 없이 붙잡힌 사람을 풀어 주는 일을 가리킨다. 예) 억울하게 관군에 붙잡힌 노빈손은 끝내 무죄방면 되었다.

판결을 들은 포숙아가 오열嗚咽하기 시작했다.

"아! 어이하여 하늘은 관중같이 큰 인물을 나게 하고선 이렇게 허무하게 목숨을 거둬 가시는고. 한 번만 더 기회를 주소서! 하늘이시여! 으흐흑~."

해가 넘어가기 전 마지막 순간, 노을이 핏빛으로 서산을 가득 물들였다. 관중은 모든 것을 체념한 듯 지그시 눈을 감고 힘없이 고개를

<hr>

오열

흐느껴 울 오嗚 | 목멜 열咽 슬프게 흐느껴 울어 목이 멘다는 뜻이다. 예) 배우 김○○ 씨가 한 TV 프로그램에 출연, 가난했던 어린 시절을 회상하다가 참았던 눈물을 보이며 오열했다.

숙였다.

"어머니, 먼저 가는 불초 소자를 용서하여 주십시오."

바로 그때, 부대 막사 뒤편에서부터 절박하게 외치는 소리가 들려왔다.

"과아아아안 주우우우웅아~~~! 엄니다!"

"할머니, 여기서 이러시면 곤란합니다!"

겹겹이 에워싼 병졸들을 무지막지한 힘으로 뚫고 나타난 할머니가 사형장으로 달려나왔다. 그러더니 엄정한의 갑옷 자락을 부여잡고 애걸복걸哀乞伏乞했다.

"죽은 사람 소원도 들어준다는데 이 나라 백성의 말을 한 번만이라도 들어달라카이~. 우리 아들 제발 살려 주이소."

헐레벌떡 뒤따라온 노빈손이 거들었다.

"재판장님, 이분은 관중의 어머니가 확실합니다. 누가 봐도 똑 닮았잖아요. 이 멀리까지 오시느라 얼마나 고생하셨는지 몰라요. 제발 한 번만 봐주세요. 네?"

엄정한이 고개를 돌려 부하들에게 물었다.

"이 사람들은 도대체 어디서 나타난 건가?"

"노파 한 명, 기괴한 생김새의 외국인 한 명, 이상 두 명이 부대 입구의 함정에 빠졌다가 잡혀 왔는데, 이 노파가 바로 자신이 관중의 노모라고 주장하고 있습니다."

엄정한은 관중과 할머니를 번갈아 쳐다보았다. 둘은 생김새뿐만 아니라 오른쪽 뺨에 나 있는 왕점의 위치까지 똑같았다.

애걸복걸

슬플 애哀 | 빌 걸乞 | 엎드릴 복伏 | 빌 걸乞   소원이나 요구 따위를 들어달라고 애처롭고 간절하게 사정하며 빈다는 뜻이다. 예) 사로잡힌 왜구들은 최영 장군 앞에서 목숨만 살려 달라고 애걸복걸했다.

"관중을 풀어 주어라."

"어머니~."

"관중아~."

두 사람은 서로 얼싸안았다.

"이노무 자슥아, 왜 그런 쓸데없는 짓을 해서 부대에 누를 끼치고 친구를 힘들게 했느냐?"

"죄송합니다, 어머니. 어머니께서 실종되셨다는 소식을 듣고 그만……."

"죄송은 됐고 이거나 받아라. 네 솜옷이다. 이걸 입힐 수 있게 됐으니 이제 이 늙은 어미의 소원을 풀었다."

관중은 솜옷을 부여잡고 닭똥 같은 눈물을 뚝뚝 떨어뜨렸다. 관중의 어머니가 가만히 관중의 손을 잡았다. 그러고 있는 두 사람을 포숙아가 감싸 안고 뜨거운 눈물을 흘렸다.

"으흐흐흑!"

포숙아의 울음소리를 시작으로 그 장면을 지켜보던 병사들이 모두 눈물을 흘리기 시작했다. 울음소리가 합창이 되어 온 부대에 울려퍼졌다.

이 광경을 지켜보다가 엄청난 감동을 받게 된 지휘관 이길래(李吉來) 장군은 제멋대로 뻗친 수염을 한번 쓰다듬은 후 모든 병사들 앞에서 선포했다.

"이기주의가 만연蔓延한 요즘 세상에 이런 우정이 있다니. 전장에서는 이런 전우 간의 신뢰와 정이 없으면 이길 수 없는 법. 관중과 포

만연

덩굴 만蔓 | 늘일 연延 식물의 줄기가 널리 뻗는다는 뜻으로, 전염병이나 나쁜 현상이 널리 퍼짐을 비유적으로 이르는 말이다. 예) 그 나라는 사회 각계 각층에 부정부패가 만연해 있다.

蔓延

숙아 두 사람은 친구를 자신의 생명보다 더 귀하게 여기고, 목숨보다 약속을 소중하게 여기는 고귀한 정신을 우리에게 보여 주었다. 게다가 관중의 어머니는 우리의 가족을 지키기 위해서 우리가 전쟁에서 반드시 승리해야 한다는 사실도 일깨워 주었다. 온 부대에 귀감이 된 관중과 포숙아에게 1계급 특진을 명한다."

엄정한이 조용히 이길래 장군에게 귀띔했다.

"장군님, 포숙아와 관중은 1계급 특진이면 지금 당장 제대를 시켜야 합니다."

"그… 그… 그런가?"

이길래 장군은 당황스런 표정을 지었다가 이내 헛기침을 하며 말을 했다.

"어험, 지휘관이 이랬다저랬다 하면 그 부대의 기강紀綱이 제대로 서지 못하는 법이다. 행하라."

엄정한이 관중과 포숙아에게로 몸을 돌렸다.

"관중과 포숙아는 듣거라."

"넷!"

관중과 포숙아는 부동 자세를 취했다.

"서둘러 전역 신고를 하고, 노모를 모시고, 고향 앞으로 갓!!!!"

기강 ━━━━━━━━

벼리 기紀 | 벼리 강綱 새나 물고기를 잡기 위해 쳐 놓은 그물코를 꿴 줄을 벼리라고 하는데, 이 벼리는 팽팽하게 잡아당겨야만 쓸모가 있다. 그래서 벼리는 나라를 다스리는 데 필요한 규율과 질서를 비유적으로 이르기도 한다. 예) 우리 사회의 기강을 바로잡기 위해 출마를 결심했습니다.

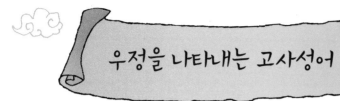

우정을 나타내는 고사성어

◉— 말하지 않아도 알아요

✒ 백아절현伯牙絶絃

맏 백 | 어금니 아 | 끊을 절 | 줄 현

   백아(伯牙)는 전국 시대 거문고의 명인이자 진(晉)나라의 외교관이었습니다. 원래 이름은 유천이고 백아는 자(성인식에 해당하는 관례를 치른 후 어른이 된 징표로 지어 주는 애칭)입니다. 그가 거문고를 연주하면 그의 친구인 종자기(鍾子期)가 들으면서 평을 하곤 했습니다. 종자기는 천한 신분인 나무꾼이었지만, 그에게는 거문고 소리만 듣고도 백아의 마음을 정확히 이해하고 감상할 수 있는 능력이 있었습니다.

   하루는 백아가 마음속으로 높은 산을 그리면서 연주를 하였는데, 종자기가 이렇게 말했습니다.

   "훌륭하도다! 태산처럼 높고 높구나!"

   이번에는 흐르는 물을 마음에 두고 연주하자 종자기가 이렇게 감탄

했습니다.

"훌륭하도다! 황허 강과 양쯔 강처럼 넘실넘실거리는구나!"

종자기는 백아의 연주를 듣고 그의 마음을 정확히 읽어 낼 수 있었던 것입니다.

또 하루는 태산에 올랐다가 갑자기 폭우가 쏟아져 바위 아래에서 비를 피하게 되었습니다. 거문고를 꺼낸 백아가 처음에는 비가 내리는 소리를, 다음에는 산이 무너지는 소리를 연주했습니다. 곡조를 들을 때마다 종자기는 백아의 마음을 다 이해하고 알아주었습니다. 이에 백아는 "훌륭하다, 정말 훌륭해! 자네는 뜻과 생각과 표현하는 것이 나의 마음과 같구나!" 하며 기뻐하였습니다. 이 때문에 소리를 안다는 뜻의 '지음(知音)'은 자신을 깊이 이해해 주는 진정한 친구를 의미하는 말로 쓰이게 됩니다.

그러다 종자기가 죽자, 백아는 자신의 음악 세계를 이해하는 단 한 사람이 자기 곁을 떠났다며 슬피 울다가 거문고 줄을 끊고 다시는 연주하지 않았다고 합니다.

이 고사는 『열자(列子)』의 「탕문(湯問)」 편에 나옵니다. 『사기』를 지은 사마천은 옛 친구 임안이라는 장군에게 보내는 편지에서 "옛날 거문고의 명인 백아는 자신의 음악을 이해해 주던 종자기가 죽은 후 두 번 다시 거문고를 타지 않았다. 선비는 자기를 알아주는 사람을 위해 죽는다."라고 하였습니다. 종자기처럼 마음이 잘 통하는 친구가 있어서 백아는 얼마나 행복했을까요?

◉— 내 간과 쓸개가 보이니?

간담상조 肝膽相照
간 간 | 쓸개 담 | 서로 상 | 비출 조

　서로 간과 쓸개를 꺼내 보인다는 뜻으로, 깊은 속내를 서로 나눌 수 있는 친밀한 사이를 말합니다. 이 말은 한유(韓愈)가 그의 친구 유종원(柳宗元)이 죽었을 때 쓴 묘지명 '유자후묘지명(柳子厚墓誌銘)'에 나오는 글입니다. 중국 역사에서 가장 문예가 발달했던 때가 당나라와 송나라 시대였습니다. 이 두 시대를 통틀어 가장 뛰어났던 문장가 여덟 사람을 당송팔대가(唐宋八大家)라고 부르는데, 친한 친구 사이였던 한유와 유종원이 바로 당나라를 대표하는 두 명의 문장가였습니다.

　유종원은 절친한 친구 유우석(劉禹錫)이 파주 땅의 자사로 쫓겨났다는 말을 듣고, 눈물을 흘리면서 이렇게 말했다고 합니다.

　"파주 땅은 매우 궁벽한 두메산골이라 사람이 살 만한 곳이 아니다. 더구나 그에겐 늙은 어머님까지 있다. 차마 친구가 그곳으로 가는 것을 그대로 두고 볼 수 없다. 내가 대신 파주로 가겠다."

　결국 유종원이 황제에게 청원한 결과, 유우석은 형편이 좀 나은

연주(連州)로 가게 되었지요. 이 사실을 전해 들은 한유는 유종원의 진실한 우정에 깊이 감동을 받았고, 나중에 그 일을 이렇게 기록했습니다.

"사람이란 곤경에 처했을 때라야 비로소 절개와 의가 나타나는 법이다. 평소 아무 일 없이 평온하게 살아갈 때는 간담상조(肝膽相照, 서로 간과 쓸개를 꺼내 보인다는 뜻)하며 살든 죽든 서로 배신하지 말자고 맹세한다. 말은 제법 그럴듯하지만 일단 털끝만큼이라도 이해관계가 생기는 날에는 눈을 부릅뜨고 언제 봤냐는 듯 안면을 바꾼다. 더욱이 함정에 빠져도 손을 뻗쳐 구해 주기는커녕 오히려 더 깊이 빠뜨리고 위에서 돌까지 던지는 인간이 이 세상 곳곳에 널려 있다……."

여러분은 친구를 위해 손해를 본 적이 있었나요? 우리는 친구를 위해 무엇을 해 줄 수 있을까요?

◉— 강하고 향기롭게

금란지교 金蘭之交

쇠 금 | 난초 란 | 어조사 지 | 사귈 교

『주역(周易)』에 이런 문장이 나옵니다.

二人同心 其利斷金 同心之言 其臭如蘭
이인동심 기리단금 동심지언 기취여란

두 사람의 마음이 하나 되면 그 날카롭고 단단하기가 쇠를 자를 수 있고,
마음이 하나 되어 나오는 말은 그 냄새가 난초 향기와 같다.

여기서 쇠 금(金)자는 황금이나 쇠가 아니라 청동(靑銅)입니다. 왜냐
하면 이 글자가 만들어진 시대가 철기 시대가 시작되기 전인 청동기
시대이기 때문이지요. 원래 金은 모든 금속 종류를 일컫는 말이었습
니다. 아무튼 당시 사람들은 청동이 가장 단단한 물질이라고 생각했
을 것입니다.

또한, 서양에 장미가 있다면 동양에서는 난초가 으뜸입니다. 난초
는 깊은 산중 깨끗한 곳에 뿌리내리며, 그 은은한 향기를 멀리까지 풍
기는 까닭에 군자의 품격을 지녔다고 해서 사군자(四君子)의 하나로
꼽히지요. 즉 금란지교란 무쇠처럼 단단하고 난초 향기처럼 아름다운
사귐을 나타내는 말입니다.

비슷한 의미의 한자성어로 斷金之交(단금지교), 芝蘭之交(지란지교)
등이 있습니다.

2장

떳다! 판포 호떡집

    관중은 돌아온 다음 날부터 바로 공부를 시작했고 쉬는 틈틈이 활 쏘는 연습을 하였다. 관중을 따라 나간 노빈손이 물었다.

    "아저씨, 왜 이리 활 쏘는 연습을 많이 하세요? 장차 벼슬길에 나가시려면 글공부에 더 매진하셔야 되는 거 아닌가요?"

    "'사자인지도야(射者仁之道也)'니라."

    "엥? 사자와 도야지가 뭘 어쩐다고요?"

    관중은 호흡을 가다듬고 과녁을 향해 천천히 시위를 당기며 대답했다.

    "활 쏘는 것은 인(仁)을 행하는 길이라는 뜻이다."

    노빈손이 고개를 갸우뚱했다.

    "에이~ 그게 도대체 무슨 말이에요?"

    "음… 과녁을 맞추는 행위 자체보다는, 활을 쏘기 위해 마음을 모으고 몸가짐을 반듯하게 하는 과정過程이 중요하다는 말이다. 활쏘기를 통해 자신의 덕을 쌓을 뿐 아니라 다른 사람의 덕을 살필 수도 있는 것이기 때문에, 나는 늘 활을 잡는다."

    관중은 당겼던 시위를 퉁겼다.

    "그리고, 어떤 재주든 쓸모없는 재주는 없다. 활쏘기가 내 뜻을 펼칠 때 큰 도움을 줄지도 모르는 것이다. 어떠냐? 너도 활을 쏘고 싶은 생각이 마구 불타오르지?"

과정

지날 과過 | 법 정程 일이나 상태가 진행하는 경로를 가리킨다. 예) 도대체 어떤 과정을 거쳐서 일이 이렇게 된 것인지 설명해 보아라.

말을 끝내는 것과 동시에 관중은 활시위를 놓았다.

쉬이~~익. 낮은 포물선抛物線을 그리며 힘차게 날아간 화살은 과녁 한가운데에 정확히 박혔다.

"우왓! 퍼펙트 골드! 멋져요. 저도 한번 쏴 볼래요."

노빈손은 활을 집어 들고 활시위를 멋지게 당겼다. 아니, 당기려고 했지만 활시위는 쉽게 당겨지지 않았다.

"윽! 이거 왜 이리 당기기가 어려워요."

"푸하하하."

멀리서 포숙아가 웃음을 터뜨리며 다가왔다.

"노빈손, 잔뜩 새빨개진 자네 얼굴을 보니 마치 그물에 갇혀 발버둥 치는 문어 같구먼."

관중이 맞장구쳤다.

"그게 바로 내가 하고 싶은 말이었네. 그나저나 포숙아, 무슨 일인가?"

세 사람은 활터에 마련된 정자의 마루에 나란히 걸터앉았다. 포숙아가 입을 열었다.

"우리, 다시 장사를 해 보는 게 어떻겠나? 우리 둘이 힘을 합치면 못할 게 없을걸세."

"그거 좋은 생각이긴 하네만, 어떤 장사를 해야 하지? 우선 시장 조사를 해 봐야 할 것 같네."

관중이 신중한 태도를 보이자 노빈손이 끼어들었다.

"호떡 전문점을 내는 게 어떨까요? 저번에 할머니가 만들어 주신

포물선

던질 포抛 | 만물 물物 | 줄 선線 물체를 던졌을 때 생기는 반원 모양의 선을 말한다. 예) 경기 종료 직전, 강백호가 던진 농구공이 포물선을 그리며 정확하게 림을 통과했다.

호떡이 정말 맛있었거든요. 관중과 포숙아니까, 관포 호떡집 어때요? 뭔가 특이한 재료만 하나 넣으면 대박을 터뜨릴 수 있을 것 같은데요. 해바라기 씨앗을 넣을 수도 있고."

관중과 포숙아가 동시에 벌떡 일어났다.

"그거 정말 좋은 생각이네."

"그리고 남는 건 제가 다 먹을게요. 그럼 음식물 쓰레기 걱정도 해결된 거죠?"

"그거 좋군. 하지만……."

관중의 얼굴에 살짝 무거운 기운이 서렸다. 포숙아가 그런 관중의 얼굴을 슬쩍 보더니 씨익 웃으며 말했다.

"자네, 지금 가진 돈이 없어서 망설이고 있는 건가? 염려 말게. 관중 자네가 하고 싶다면 됐네. 자당께서 호떡 요리를 잘하시니 주방을 맡으면 어떨까 싶네. 대신 나는 초기 자본을 대겠네. 이익금은 절반씩 나누는 걸로 하세."

"아니, 그렇게는 못 하겠네."

관중이 거절하자 포숙아는 살짝 당황했다.

"자본금은 걱정하지 말래도. 내 생색내지 않겠네."

"그게 아니라 이익금 분배 때문일세. 거두절미去頭截尾하고 내가 8할을 가지겠네. 자네와 노빈손이 1할씩 가지게."

관중이 그렇게 말하자 포숙아는 아무런 망설임도 없이 당연하다는 듯 대답했다.

"그런가? 아무렴, 자네 원대로 하게나."

거두절미

없앨 거去 | 머리 두頭 | 끊을 절截 | 꼬리 미尾 머리와 꼬리를 잘라 없앤다는 뜻으로, 요점만을 남기고 앞뒤 군말을 생략한다는 말이다. 예) 거두절미하고 말을 하다 보면 의미가 제대로 전달이 안 되어 자칫 혼선이 생길 수도 있다.

　노빈손이 어이없는 표정으로 양쪽 어깨를 추어올리며 양팔을 옆으로 벌렸다.

　"아니, 저야 상관은 없지만 포숙아 아저씨가 자본금資本金도 대는데 왜 관중 아저씨가 대부분을 가져가야 하죠? 포숙아 아저씨, 뭐 약점 잡힌 거 있으세요? 왜 관중 아저씨한테 쩔쩔매시는 거예요?"

　포숙아가 갑자기 단호한 표정을 지으며 딱 잘라 말했다.

　"그런 말 하지 말거라. 우리 집은 관중보다 형편이 훨씬 나아. 관중은 늙은 어머니도 모시고 있으니, 더 많이 가지는 것은 지극히 당연한

———————————————————————————————————— 자본금

재물 자資 | 근본 본本 | 쇠 금金 사업을 시작하거나 유지하는 데에 밑천이 되는 돈을 뜻한다.
예) 아쉽게도 자본금이 모자라서 떡볶이 가게를 시작할 수가 없네.

일이야. 왜냐하면 우리는 친구잖아."

포숙아의 말에 관중이 껄껄 웃으며 말했다.

"역시 나를 알아주는 사람은 자네밖에 없군. 그럼 당장 시작하지."

포숙아가 그런 관중을 보며 미소를 지었다.

"난 자네의 그런 결단력과 호방함, 추진력이 좋아. 참 부럽네."

노빈손은 어깨를 으쓱하며 혼자 중얼거렸다.

"아무래도 포숙아 아저씨는 호구인 게 틀림없어."

관포 호떡집 개점

관포 호떡집 개점 첫날. 가게에 손님들을 안내한 노빈손이 다급하게 외쳤다.

"할머니, 호떡 30인분 멀었어요? 얼른 해주세요! 손님들 기다려요."

"알았다. 쪼매만 기다리거라. 곧 나가꾸마."

할머니가 곧 양손에 호떡 접시를 가득 쌓아 들고 나타났다. 할머니를 본 손님들이 경악했다.

"아니, 지금 곡예曲藝하는 건가?"

"저, 저 호떡 접시가 도대체 몇 개야?"

"한 손에 대략 100개가 훌쩍 넘겠는걸. 합쳐서 300개는 돼 보여. 무

곡예 ─────────

굽을 곡曲 | 기예 예藝 줄타기나 재주넘기, 곡마, 마술 따위의 신기한 재주를 말한다. 예) 1차 세계
대전이 끝난 뒤 미국에서는 남아도는 비행기를 이용한 곡예비행이 인기를 끌었다.

게는 그렇다 치더라도 저 연세에 조금도 비틀거리지 않는 저 균형 감
각! 참으로 대단한 할머니야."

하지만 노빈손은 손님들과는 다른 이유로 당황했다.

"할머니, 30인분이라니까요. 300인분을 가져오시면 어떡해요?"

"30인분이었나? 나는 300인분으로 들었다. 이거 못 팔고 남으믄 아
까워서 우짜노."

노빈손은 한숨을 쉬고 대답했다.

"제가 한번 해결解決해 볼게요."

노빈손은 남은 270개의 호떡을 죄다 들고 식당 문 앞에 나섰다.

"고객 여러분, 제가 개점 기념으로 개인기 하나를 보여 드리겠습니
다."

식당 안의 손님들은 물론, 지나가던 사람들까지 하나 둘 멈춰 서서
노빈손을 바라보았다.

"여러분들께서 열을 세시면 그사이 호떡 10개를 다 먹고 휘파람까
지 불어 보겠습니다."

사람들이 입을 모아 숫자를 세기 시작했다.

"하나, 둘, 셋……, 여덟!"

휘익~ 휘익~ 휘리릭~.

열을 다 세기도 전에 호떡을 거뜬히 다 먹어 치운 노빈손은 휘파람
으로 노래 가락을 연주하면서 빈 접시를 털어 보였다.

"저한테 도전하실 분, 안 계신가요? 저를 이기시면 호떡 10개를 무
료로 드리겠습니다."

─────────────────── 해결

풀을 해解 | 정할 결決 어떤 사건이나 문제 등을 잘 풀거나 처리하는 것을 가리킨다. 예) 노빈손
시리즈를 읽으면 요점을 파악하는 힘과 문제를 해결하는 능력이 생긴다.

解
決

"어이, 애송이. 그것도 재주라고 뻐기는 건가? 나랑 붙어 보자."

거대한 몸집을 가진 남자 하나가 나섰다.

"내가 여태껏 먹는 걸로 져 본 적이 없어!"

남자는 노빈손을 얕잡아 본 듯 큰소리를 쳤다.

"좋아요. 50개를 누가 빨리 먹나 내기하죠. 대신 아저씨가 지면 제가 먹은 호떡 값까지 모두 계산하세요."

"좋다. 대신 내가 이기면 이 호떡집 평생 무료 이용권을 다오."

"좋아요! 사나이로서 약속하죠."

할머니가 노빈손을 살며시 잡아당기며 귓속말했다.

門前成市

문전성시

문 문門 | 앞 전前 | 이룰 성成 | 저자 시市 문 앞에 시장이 생긴다는 뜻으로, 찾아오는 사람이 많음을 비유적으로 이르는 말이다. 예) 그 아이돌 스타의 소속사 앞은 항상 여고생들로 문전성시를 이룬다.

"니, 혹시라도 지면 어떡할기가? 보아하니 저 남자가 이기면 우리 호떡집은 망해 뿌린다."

"걱정 붙들어 매세요."

노빈손은 큰소리를 치고 남자와 호떡 50개 빨리 먹기로 대결을 시작했다. 호떡 사라지는 속도가 서로 막상막하였다. 지켜보는 사람들의 응원이 점점 뜨거워졌다.

"힘내라, 힘!"

"져… 졌다."

남자는 마침내 노빈손의 먹성에 무릎을 꿇었다. 남자가 20개 좀 넘게 먹었을 무렵에 노빈손이 50개를 다 먹어 버린 것이다.

"쟤 뭐야? 호떡을 씹지도 않고 그냥 삼켜 버렸어. 괴물이다, 괴물."

"이 집은 호떡 맛도 좋지만 흥미진진한 공연도 볼 수 있네. 자주 와야겠어."

손님들의 반응은 폭발적이었다. 한편 노빈손은 주먹으로 가슴을 치며 가쁜 숨을 몰아쉬었다.

"볼거리가 필요할까 봐 이때를 대비해서 하루 굶기를 잘했네. 어휴, 다시는 이런 미련한 짓 하지 말아야지. 목 막혀 죽을 뻔했잖아."

이후 소문이 퍼지면서 관포 호떡집은 밤늦게까지 손님들로 문전성시門前成市를 이루었다.

"이거 정말 천객만래千客萬來로군."

"대단한 호떡집이야."

"호떡집에 불났다는 말은 딱 이 집을 가리키는 말이었구먼."

천객 만래

일천 천千 | 손님 객客 | 일만 만萬 | 올 래來 일천 명의 손님이 만 번 찾아온다는 뜻으로 많은 손님들이 잇달아 찾아온다는 말이다. 예) 그 식당은 주인과 종업원들의 정성어린 서비스로 소문이 나서 천객만래하고 있다.

재료 찾아 삼만 리

어느 날, 관중의 어머니가 걸걸한 목소리로 외쳤다.

"어이, 호떡 재료가 다 떨어져삣다. 퍼뜩 사 오거라. 안 그라믄 흙으로 호떡 반죽 해야 한데이."

포숙아가 황급하게 일어났다.

"견과류랑 소금, 밀가루, 찹쌀가루를 좀 더 사 와야겠구나. 빈손아, 건너 마을 시장에 같이 가자꾸나."

"꼭 그 멀리까지 가서 사 와야 하나요? 근처에서 파는 걸로 하면 되지 않을까요? 지금 멀리 나가기에는 너무 늦었잖아요. 하루 종일 호떡 배달하느라 몸이 파김치 같다구요."

노빈손은 툴툴거리면서도 포숙아를 따라 나섰다.

"관중과 나의 이름을 걸고 파는 음식점이잖니. 가장 좋은 재료로 손님들을 섬겨야지. 내가 좀 힘들다고 아무거나 섞어서 만들 수는 없지. 의식동원醫食同源이라고 했다. 난 손님에게 좋은 재료라면 저승 문턱까지 가서라도 구해 올 각오가 되어 있단다."

"하여튼 비효율적이시라니까. 정도껏 하셔야지, 그렇게 하다가는 재료비가 많이 들어서 망할지도 모른다고요."

"사람을 진정으로 대하는 것은 원래가 비효율적인 것이란다. 나는 평생 비효율을 추구하며 살고 싶은 사람이야. 그래서 망한다면 망해야지 뭐. 허허허."

의식동원

의원 의醫 | 먹을 식食 | 같을 동同 | 근원 원源 음식을 먹는 것과 병을 치료하는 것은 건강하게 살기 위한 노력이므로 그 근원이 같다는 뜻이다. 예) 의식동원이란 말이 있듯이, 밥을 잘 먹으면 보약이 따로 필요 없어.

醫食同源

둘이 종종걸음으로 시장 구석구석을 다 돌아다니는 사이, 어느덧 해는 뉘엿뉘엿 넘어가고 거리마다 어둠이 깔리기 시작했다. 시장의 가게들이 다 문을 닫은 거리는 스산하기까지 했다. 노빈손이 귀가를 재촉했다.

"아저씨, 저기 지름길이 있어요. 시간도 늦었는데 골목길로 빨리 가요."

그러나 포숙아는 노빈손의 제안을 단호하게 거절했다.

"무슨 소리, 골목길이라니. 멀리 돌아간다고 해도 큰길로 다녀야지."

노빈손이 의아해하며 물었다.

"아니, 왜요?"

"군자(君子)는 대로행(大路行)이라. 떳떳한 사람은 큰길로 다니는 법이다. 너도 큰길로 다녀 버릇하렴."

"치이, 알았다구요. 맘먹으신 대로 대로행 하세요."

그때 대로 옆의 작은 골목에서 어떤 노인의 목소리가 들렸다.

"왜 이러나? 길 가는 사람을 끌고 와서 이게 무슨 짓인가?"

포숙아와 노빈손은 소리가 나는 골목 쪽을 들여다보았다. 여러 명의 불한당들이 흰 옷을 입은 노인을 에워싸고 있었다.

"으잇! 깡패인가 봐요. 어쩌죠."

노빈손과 포숙아가 당황하는 사이 불한당들은 노인을 협박했다.

"제나라의 순결한 영혼들의 모임, 우리 '제국의 아가들'을 모르신단 말씀? 앞길이 구만 리 같은 우리 아가들에게 적선積善할 기회를

적선

쌓을 적積 | 착할 선善 착한 일을 많이 쌓는다는 뜻으로, 구걸하는 사람에게 물질을 베푸는 행동을 좋게 이르는 말이다. 예) 거지들이 '한 푼 줍쇼'라고 하지 않고, '한 푼 적선합쇼'라고 하는 것은 어려운 사람을 돕고 덕을 쌓으라는 권고인 거지.

積善

드리려고 하니 영광으로 아십쇼."

노인이 눈을 부릅뜨고 소리를 질렀다.

"감히 내가 누군 줄 알고 그따위 협박이냐?"

"이히히, 전혀 모르겠사옵니다. 뉘시온지요? 킥킥킥."

"내가 이 나라의 왕이니라. 어서 썩 물러가지 못할까?"

노인의 흰 수염이 바르르 떨렸다. 두목으로 보이는 사내 하나가 누런 이를 드러내며 웃었다.

"우헬헬~ 왕이라굽쇼? 할배가 왕이시면 전 옥황상제인데 말입니다. 킬킬킬."

두목의 삐죽거리는 입술 사이로 날카로운 송곳니가 드러났다.

"허튼 꼼수 부리지 말고 좋은 말로 기회를 드릴 때 가련한 백성들에게 적선 좀 하시지, 왕 나으리. 꼭 주먹을 써야 말을 들으실 텐가?"

두목이 급기야 주먹을 쥐어 들어 올렸다. 노빈손과 포숙아는 누가 먼저랄 것도 없이 골목길로 뛰어들었다.

"이보게, 청년들!"

포숙아가 점잖게 그들을 불렀다. 불한당들이 일제히 포숙아와 노빈손을 노려보았다.

"이 아저씨는 또 어디서 오신 어른이신가? 어라, 머리통이 큼지막한 분도 덤으로 납시었네. 왜? 적선하시려고?"

"히엑, 무서워라. 아가들은 무슨! 눈빛이 지옥에서 온 아귀들 같아. 포숙아 아저씨, 어떻게 여기서 빠져나가죠?"

너무나 살벌한 분위기에 질린 노빈손은 사시나무 떨듯이 덜덜 떨었

美風良俗

미풍양속

아름다울 미美 | 풍속 풍風 | 좋을 량良 | 풍속 속俗 예로부터 전해 오는 아름답고 좋은 풍속을 말한다. 예) 예로부터 설날은 가족과 친지들이 함께 모여 음식과 놀이를 즐기는 행복한 시간이었습니다. 이러한 미풍양속이 우리 사회를 지켜 주는 힘이기도 하지요.

다. 포숙아가 속삭였다.

"사… 사실은 나도 무서워 죽겠다. 그러나 어쩌겠냐? 저러다 노인 분이 험한 일을 당하시기라도 하면 어떡해. 여기 아무도 없잖아. 일단 나섰으니 우선 침착해야지…….""

포숙아는 크게 심호흡을 한 번 했다.

"보아하니 노인장은 아버지뻘 되는 어른이신데 그대들의 언사가 너무나 무례한 듯싶소."

포숙아가 곧바로 바른 생활 수업을 시작했다.

"모름지기 청년의 때에 가져야 할 열두 가지 주요한 덕목이 있소. 첫 번째로, 삶의 분명한 목표 의식이 정립되어야 하오. 큰 꿈을 가지고 세상을 품어야 하는 나이에 이렇게 살아가는 것은 온당치 않소. 앞으로 몇십 년이 흘러 청년의 때가 다 지나갔을 때, 밤에 누워 오늘 일을 생각해 보면 천장을 향해 발길질을 하게 될 것이오. 인생은 편한 대로만 사는 것이 아니라오. 되는 대로 편한 대로 살다 보면 언젠가 곱절로 그 대가를 치르게 되어 있다오. 두 번째로, 천륜을 알고 인간의 도리를 지켜 나가야 하오. 어른 공경은 우리 사회를 지탱해 주는 미풍양속美風良俗이요. 인간 본연의 법도이거늘 이를 어긴다면 어찌 금수禽獸와 다름이…….""

포숙아는 불한당들이 주먹을 들어 올릴 시간조차 주지 않고 숨 쉴 틈 없이 가르침을 진행하였다. 그 말을 듣고 있던 불한당들이 하나둘 멀미를 하기 시작했다.

"우웩, 우웩! 제발… 그만……. 머리통이 깨질 것 같아."

금수

날짐승 금禽 | 길짐승 수獸 날짐승과 길짐승, 즉 모든 동물을 가리킨다. 예) 개화기 지식인인 안국선의 풍자소설 『금수회의록』에 나오는 여덟 동물들은 까마귀, 여우, 개구리, 벌, 게, 파리, 호랑이, 원앙입니다.

"우욱, 아직도 무려 열 가지가 더 남았어."

"분위기를 보아 열두 가지 덕목 끝나고 나서도 마지막으로, 결론적으로, 끝으로 하면서 질질 끌 게 분명해."

"더 듣다가는 우리의 정신이 분열될 거 같다. 애들아, 빨리 이 위험천만危險千萬한 곳을 탈출하자. 어서 서둘러."

이윽고 불한당들이 모두 달아나고 노인과 포숙아, 그리고 노빈손 셋만 남았다.

危
險
千
萬

위험천만 ────

위태할 위危 | 험할 험險 | 일천 천千 | 일만 만萬 위험한 일이 천 가지 만 가지나 된다는 뜻으로, 매우 위험함을 이르는 말이다. 예) 말숙이 앞에서 몸무게 얘기를 하겠다니 위험천만한 짓이다.

노인은 포숙아의 손을 잡고 흔들며 점잖게 물었다.

"정말 고맙소. 하마터면 경을 칠 뻔했소. 그대의 이름은 무엇이오?"

포숙아는 머리를 숙이고 양손을 포개어 눈앞으로 올려 인사하며 대답했다.

"포숙아라고 하옵니다."

"오, 그런가? 나는 희공(僖公)이네."

포숙아가 흠칫 놀라며 되물었다.

"네에? 그럼 어… 어르신께서 정말 우리 제나라의 왕이십니까?"

"그렇네. 내 가끔 이렇게 평민복을 입고 나와 혼자 민심을 알아보곤 하는데, 오늘은 시장에 볼거리가 많아 시간을 지체했더니 이런 일을 다 겪었지 뭔가."

노빈손이 급히 포숙아에게 귓속말을 했다.

"포숙아 아저씨, 제가 맹상군 댁에서 역대 왕의 초상화를 본 적이 있는데요. 저분 외모가 정말 희공을 닮았어요."

포숙아는 그 자리에서 무릎을 꿇고 절을 올렸다. 그러자 노인은 포숙아를 잡아 일으키며 말했다.

"오늘 그대의 강의는 실로 감동적이었소. 어떻게 그런 탁월한 식견과 드높은 도덕성, 그리고 경이로운 언변言辯을 두루 다 가지고 있는지 그저 감탄스럴 따름이오. 그래서 말인데, 내 부탁이 하나 있소."

언변

말 언言 | 말 잘할 변辯 말을 잘하는 솜씨나 재주를 뜻한다. 예) 노빈손의 뛰어난 언변은 그의 어머니를 닮았다.

"말씀해 주시옵소서."

희공의 목소리는 카랑카랑했다.

"과인의 막내아들 소백 왕자의 스승이 되어 주시오."

"네?"

포숙아는 그의 갑작스런 제안에 눈이 휘둥그레지며 손사래를 쳤다.

"저는 무지몽매無知蒙昧한 필부에 불과할 따름입니다. 감히 제가 왕자님의 스승이 된다니요. 천부당만부당하옵니다. 속히 명을 거두어 주십시오."

곁에서 이 광경을 지켜보던 노빈손이 끼어들었다.

"포숙아 아저씨, 왜 사양하세요? 그리스 로마 신화에 나오는 기회의 신 카이로스는 앞머리가 무성하고 뒷머리가 대머리라잖아요. 기회가 왔을 때 잡아야지, 이런 절호의 기회는 평생 다시 오기 힘들 거예요. 이거 완전히 포숙아 아저씨 한 사람만을 위한 특별 전형인 셈인데 놓치지 마시라고요."

희공은 노빈손의 말에 탄복을 하며 말했다.

"허허허, 이 젊은이는 머리 크기만큼이나 참 놀라운 판단력을 가졌네 그려. 역시 사람은 외모로 판단할 게 아니라는 말이 진리로군, 진리야. 포숙아, 그대는 사람 복마저 많은가 보네. 어디서 이런 훌륭한 수행원을 얻었나? 이 자의 말이 백 번 맞는구면. 입궐할 때 이 친구도 함께 데려오게나."

하지만 포숙아는 여전히 망설이고 있었다. 희공은 포숙아의 손을 붙들었다.

무지몽매

없을 무無 | 알 지知 | 어리석을 몽蒙 | 어두울 매昧 아는 것이 없고 어리석으며 사리에 어두운 상황을 이르는 말이다. 예) 오직 돈과 권력으로 행복을 평가한다면 이보다 더 무지몽매한 일은 없을 것이다.

"이보게 포숙아 선생, 아시다시피 우리 제나라는 강태공에 의해 세워진 이래 줄곧 힘이 약한 나라였소. 하지만 나의 선친인 장공(莊公)께서 견고하게 부강한 나라의 기틀을 다져 놓았지 않소. 나 또한 수많은 정복 전쟁을 일으켜 나라의 힘을 키워 왔소. 이제 나는 나이가 많이 들어 곧 왕위를 맏아들 제아(諸兒)에게 물려주어야 될 터인데……."

희공은 목이 멘 듯 잠시 말을 잇지 못했다.

"세상을 전쟁으로 요란하게 만든 업보(業報)인지, 땅덩이 넓히는 데만 힘을 쏟다가 정작 자식 교육을 제대로 못 했다오. 그래서 첫째는 비록 내 아들이긴 해도 군주로서의 자질이라고는 없는 아이라 불안하기 짝이 없소. 그래서 둘째 규(糾)와 막내인 소백(小白)을 훌륭하게 길러, 형의 부족한 점을 대신할 나라의 큰 동량棟梁들로 만들고 싶소. 그러던 차에 그대를 만난 것은 하늘의 뜻인 것 같소."

포숙아는 겸손한 목소리를 말했다.

"그 일이라면 제 친구 관중을 추천해 드리겠습니다. 관중이 저보다 훨씬 뛰어납니다. 관중을 만나 보시는 것이 어떨까요?"

노빈손이 옆에서 핀잔을 주었다.

"에고, 또 나왔다네 나왔다네. 관중 바라기 포숙아 아저씨, 이건 다른 사람이 아닌 아저씨한테 온 기회라고요."

희공이 단호하게 말했다.

"이는 왕으로서 내리는 명령이네. 더 이상 머뭇거리는 것은 불충을 저지르는 것임을 명심하시게."

동량

기둥 동棟 | 들보 량梁 집이나 나라의 기둥과 들보라는 뜻으로, 한 나라나 집안을 떠받치고 이끌어 갈 젊은이를 비유하는 말이다. 예) 우리 학교는 해마다 나라의 미래를 걸머질 동량들을 배출해 낸다.

棟
梁

제나라 왕실의 얼친아

그렇게 되어, 노빈손은 포숙아를 따라 제나라의 수도 임치(臨淄)로 떠났다. 제나라 수도 임치는 태산이 병풍처럼 보호하고 쯔허 강과 위허 강의 물줄기가 성을 감싸며, 평원이 바다까지 광대하게 펼쳐져 있는 곳에 자리잡고 있었다.

궁궐에서 만난 소백의 눈망울 속에서는 순정만화 주인공 같은 다이아몬드 모양의 빛이 반짝였다. 그리고 노빈손으로서는 믿을 수 없게도, 공부를 무척 좋아하는 듯했다.

포숙아는 언제 스승 자리를 거부했냐는 듯이, 소백의 총명함과 흡입력 넘치는 수업 태도에 한껏 고무되어 날마다 과도한 양의 진도를 나가기 시작했다.

"될성부른 나무는 떡잎부터 안다더니, 소백 왕자님은 정말 탁월하십니다. 오늘은 밤샘하면서 공부를 더 하는 것이 어떻겠습니까?"

"듣던 중 반가운 소리네요. 저야 많이 하면 많이 할수록 좋습니다. 염색용 푸른색 안료는 대개 쪽풀에서 얻으나 안료가 쪽풀보다 더 푸른빛을 내지 않습니까? 저도 그처럼 스승님을 넘어서고 싶습니다."

포숙아는 흐뭇한 표정으로 왕자를 바라보았다.

"네 글자로 하면 청출어람 靑出於藍이군요. 왕자님은 이미 그러고 계십니다."

"저기요, 오늘로 밤새면서 공부한 지 일주일째라고요. 오늘 밤은 좀

青出於藍

청출어람

푸를 청靑 | 날 출出 | 어조사 어於 | 쪽 람藍 쪽풀에서 추출해 낸 푸른색 물감이 쪽풀보다 더 푸르다는 뜻으로 제자가 스승보다 더 훌륭해졌을 때 쓰는 말이다. 예) 자신이 가르친 제자들이 청출어람이라고 칭찬 듣는 것을 볼 때 가장 보람을 느낀다.

자면 안 되나요?"

보다 못한 노빈손이 말렸지만 포숙아는 들은 척도 하지 않았다.

"빈손이 너는 주방에 가서 통닭이나 챙겨 오너라. 왕자님이 제일 좋아하는 야식이랍신다."

노빈손은 혀를 내둘렀다.

"누구나 들으면 멀미한다는 포숙아 아저씨의 지루한 수업을, 한눈한번 팔지 않고 진지하게 듣다니! 소백 왕자는 정말 대단해."

그렇게 피곤한 날들을 보내고 있던 어느 날, 견디다 못한 노빈손이 몰래 잠을 자기 위해 숙소로 돌아가려고 할 때였다. 구석에서 이상한 소리가 들려왔다.

푸드득, 푸득 푸드…득, 구…구….

"어라? 이게 무슨 소리지?"

노빈손이 소리 나는 곳으로 가 보니, 족제비 한 마리가 황금빛 털을 번뜩이며 비둘기 한 마리를 물고 달아나고 있었다. 애처로운 날갯짓을 하는 비둘기를 보니 측은지심惻隱之心이 들었다.

"야 이, 제비족! 아… 아니 족제비야. 비둘기 냉큼 내려놔! 안 그러면 족제비 털 공장에 팔아 넘길 테다."

노빈손이 벽력같이 소리를 지르자 족제비가 비둘기를 버리고 황급히 달아났다. 노빈손은 비둘기를 품에 안아 들었다.

"이런, 비둘기의 다리에 상처가 생겼군. 내가 치료해 줄게. 다행히 찰과상 정도라 금방 나을 거야. 어라? 이게 뭐지?"

노빈손의 시선이 비둘기의 다리에 묶여져 있는 무언가에 꽂혔다.

측은지심

슬퍼할 측惻 | **근심할 은**隱 | **어조사 지**之 | **마음 심**心 다른 사람의 딱한 형편을 함께 슬퍼하고 가엾게 여기는 마음을 말한다. 예) 맹자는 측은지심이 인의 시작이라고 말했다.

끈에 매달린 자그마한 통이었다.

"이 비둘기는 아무리 봐도 전서구傳書鳩가 틀림없어. 지난 수천 년 동안 귀소본능歸巢本能이 탁월한 비둘기들을 훈련시켜 메신저로 이용했다지? 핑크빛 비단 끈을 사용한 걸로 보니, 이 비둘기의 주인은 여인이 아닐까?"

노빈손은 비둘기를 치료해 준 뒤 나뭇잎에 다음과 같은 짧은 글을 적은 뒤 통에 넣고 발에 묶었다.

소중한 인연을 기다리는 완소훈남

"그럼 이제 정보 수집 활동 좀 해 볼까나?"

노빈손은 두근거리는 마음으로 비둘기를 날려 보내며 말했다.

"어이~ 비둘기야, 살려 줬으니 흥부네 제비처럼 박씨라도 하나 물어 와. 알겠지?"

국민선녀의 정체!

이튿날, 동창이 훤하게 밝아 올 때였다.

푸드드드득.

전서구

전할 전傳 | 글 서書 | 비둘기 구鳩 정해진 곳에 편지를 배달할 수 있도록 훈련시킨 비둘기를 가리킨다. 예) 비둘기들은 방향 감각과 귀소본능이 뛰어나고 장거리 비행능력이 높아 전서구로 훈련받곤 했다.

傳書鳩

소백과 포숙아에게 가져다 줄 간식을 챙긴 보따리를 든 노빈손의 팔에 비둘기가 날아와 앉더니 고개를 연신 위아래로 움직이며 소리를 내었다.

구구구 구구 구구구 구구.

"엇? 너는 어제 그 비둘기 아니냐? 오호, 그럼 이것은 혹시……."

노빈손은 황급하게 통에서 쪽지를 꺼내 읽어 보았다.

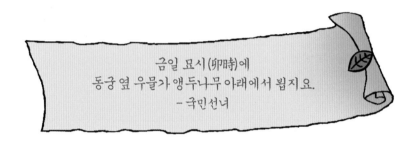

금일 묘시(卯時)에
동궁 옆 우물가 앵두나무 아래에서 뵙지요.
- 국민선녀

노빈손은 환호성을 질렀다.

"얏호, 이거 대박이다. 접속이 됐어. 국민선녀가 별명이라면 틀림없이 이 남자는 아닐 거야. 도대체 누굴까? 궁금하구나."

노빈손은 두근거리는 마음을 진정시키며 약속 장소로 발걸음을 옮겼다. 자그만 푸른 잎사귀 사이로 앙증맞은 선홍색 열매들이 수줍은 듯 몸을 드러낸 앵두나무 옆 우물가에서는 여러 명의 궁녀들이 수다를 떨면서 물을 긷고 있었다. 노빈손이 물었다.

"혹시 국민선녀 님이 누구세요?"

그러자 궁녀들의 수다가 뚝 그쳤다. 그들이 일시에 노빈손을 쳐다보며 물었다.

歸巢本能

———— 귀소본능

돌아갈 귀歸 | 둥지 소巢 | 근본 본本 | 능할 능能 동물이 자기 서식 장소나 둥지 혹은 태어난 장소에서 멀리 떨어졌다가 다시 그곳으로 되돌아오는 능력을 가리킨다. 예) 비둘기는 귀소본능을 지니고 있어서 전쟁이 일어났을 때 본부에 편지를 전해 주는 통신 수단으로 이용되었다.

"서… 설마 당신이 완소훈남?"

노빈손이 얼굴에 한가득 미소를 피워 올리자 네 가닥 머리털이 산들바람에 나풀거렸다.

"빙고! 네, 정확하게 맞히셨습니다."

그러자 궁녀들이 저마다 한숨을 쉬기 시작했다.

"에이~ 급실망이다. 괜히 기대했잖아."

"완전 소중한 훈훈한 남자인 줄 알았더니, 완전 소같이 큰 머리에다 훈훈함과 무관한 남자였어."

그때였다. 당당한 체구에 주근깨가 선명한 얼굴을 가진 궁녀 하나가 노빈손에게 다가왔다.

"야! 너 정말 개성個性 넘치는 외모의 소유자구나. 우리 앞으로 친하게 지내자."

그러더니 어깨를 툭 쳤다. 노빈손은 그 충격에 뒤로 벌러덩 나자빠졌다.

"어이쿠!"

다른 궁녀들이 소근댔다.

"쟤 지금 뭐 하는 거니?"

"황소만 한 머리 크기가 개성이라니, 정말 취향趣向 한번 독특하다니까."

"그러게 말이야. 호호호."

노빈손은 그 궁녀의 얼굴을 보고선 깜짝 놀랐다. 그녀의 외모가 말숙이를 쏙 빼닮았던 것이다.

個性

개성 ──────────

낱 개個 | 성품 성性 한 개인이 가지는 고유한 취향이나 특성을 말한다. 예) 현대에서는 각 사람의 개성이 더욱 중시되고 있다.

"앗! 여기서도 말숙이 닮은 여자를 만나다니!"

말숙이를 닮은 궁녀가 주섬주섬 무언가를 꺼냈다.

"내가 오늘 첫 만남을 기념하는 선물을 준비해 가지고 왔는데, 너한 테 잘 어울릴 거 같아. 자, 받아 둬."

"이게 뭔데요?"

궁금해하며 궁녀의 선물을 쳐다보던 노빈손은 포장을 풀자마자 비 명을 질렀다.

"으악! 털목도리다. 빨리 치우세요. 나 이거에 대한 안 좋은 기억이

취향

달릴 취趣 | 향할 향向 하고 싶은 마음이나 욕구 따위가 기우는 방향을 가리킨다. 예) 사람마다 옷 을 선택하는 안목과 취향이 다르다.

있단 말이에요."

"뭐? 내가 불철주야不撤晝夜로 애써 만든 수제 목도리인데, 감히 거부하다니. 살고 싶으면 받아. 빨리!"

궁녀가 팔로 노빈손의 머리통을 죄며 말했다. 노빈손은 숨이 막혀 켁켁거렸다.

'말숙이처럼 생긴 사람은 어쩜 이리 하는 짓도 말숙이와 똑같을까 몰라.'

不
撤
晝
夜

불철주야 ────────────────────────────

아닐 불不 | 거둘 철撤 | 낮 주晝 | 밤 야夜 밤낮을 가리지 않고 일하며 노력하는 것을 가리키는 말이다. 예) 우리 부모님께서는 저를 위해 불철주야로 애쓰십니다.

◉── 왜 컴백하지 않았을까

권토중래 捲土重來

말 권 | 흙 토 | 거듭 중 | 올 래

한 번 뼈아픈 좌절과 큰 실패를 맛본 사람이 그것을 밑거름 삼아 다시 일어나 새로운 의지를 다지는 것을 나타내는 말입니다. '땅에 흙먼지가 일어날 정도로 힘차게 달려온다' 는 뜻으로, 세력을 잃었던 존재가 다시 부활하여 패권을 쥔다는 의미를 지니고 있습니다.

이 말은 한나라 유방과의 마지막 전투에서 사면초가에 몰린 채 비극적으로 삶을 마감한 초나라의 젊은 영웅 항우에게서 유래하였습니다. '항우가 자신의 본거지인 강동(江東) 지역으로 후퇴하여 재기의 기회를 노렸다가 다시 유방과 대결했더라면 역사는 달라질 수 있었을 것이다' 라는 아쉬움에서 생겨난 고사인데, 당나라 말기의 시인인 두목(杜牧)의 '제오강정(題烏江亭)' 이라는 시에 나옵니다.

勝敗兵家不可期 (승패병가불가기)

包羞忍恥是男兒 (포수인치시남아)

江東子弟多才俊 (강동자제다재준)

捲土重來未可知 (권토중래미가지)

전쟁의 승패는 병법가도 기약할 수 없는 것이니,

부끄러움을 견디는 것도 사내 대장부가 할 일이로다.

강동 땅에는 뛰어난 인재도 많았으니,

흙먼지를 일으키며 힘차게 돌아왔다면 이겼을지 모를 텐데.

두목은 항우가 죽고 천 년 후에 등장한 시인이었지만, 강동 땅 경계였던 오강(烏江)의 여관에 머물던 중 서른한 살의 젊은 나이에 세상을 떠난 영웅 항우를 기리며 이 시를 지었다고 합니다.

◉— 죽기 아니면 까무러치기다

배수진 背水陣
등 배 | 물 수 | 진칠 진

물을 등진 채 치는 진이라는 뜻으로, 어떤 일에 절대 물러서지 않을 것을 각오하고 대처하는 것을 말합니다. 『사기(史記)』의 「회음후열전(淮陰侯列傳)」에 나옵니다.

명장 한신이 한나라 고조 유방의 명령을 받고 병사 수만 명을 이끌고 동쪽으로 진격하여 정형에서 내려와 조나라를 치려고 했습니다.

한신의 군대는 사기가 높았지만 조나라의 군사들에 비해 전투 능력이
떨어지는 오합지졸들이었습니다.

한나라 군대가 정형 어귀에서 강물을 등지고 진을 치자, 그 모습을
본 조나라는 한신이 기본적인 병법도 모른다며 크게 비웃었습니다.

"저렇게 강물을 등지고 진을 치면 도망칠 곳이 없는데, 그런 기본적
인 것도 모르나 봐."

강가에 진을 친 한신은 한밤중에 2천 명의 군사를 데리고 나와서 산
속에 숨겼습니다. 그리고 이렇게 지시했습니다.

"강가에 있는 우리 군대는 달아나는 척하면서 조나라 군대를 성 밖
으로 유인해 낼 것이다. 적군이 성 밖으로 나오면 안으로 들어가서 우
리 깃발을 세워라."

이윽고 한나라 군대가 싸움을 걸자, 한신의 말대로 조나라 군대가 성문을 열고 달려나왔습니다. 한나라 군대가 도망치는 척하자, 예상 대로 조나라 군대가 성을 비워 놓은 채 뒤를 쫓아왔습니다.

그러나 막상 쫓아와 보니 강가에 몰린 한나라 군대가 죽기 아니면 살기로 온힘을 다해 싸웠기 때문에 이길 수가 없었습니다. 그사이 한 신이 숨겨 놓은 병사들은 몰래 조나라의 성을 차지했습니다. 결국 한 신의 군대에 패배한 조나라 군대가 성으로 돌아갔지만, 그들의 성은 이미 한신의 병사들에게 빼앗긴 뒤였습니다. 전쟁은 한신의 대승으로 끝났습니다.

승전을 축하하는 잔치에서 부하 장수들이 한신에게 물었습니다.

"병법서는 '진은 산과 언덕을 등지고, 물 앞에 세워야 한다.'고 가 르칩니다. 그런데 장군께서는 도리어 물을 등지는 배수진(背水陣)을 치라고 명령하셨지요. 병법서의 반대로 행동하고도 이기다니, 이게 대체 무슨 전법입니까?"

그러자 한신이 대답했습니다.

"배수진도 병법에 실려 있다네. 병법에 이런 말이 있지 않은가? '죽 을 곳에 빠져야 살아날 수 있다.' 평소에 훈련받지 않은 오합지졸을 군대라고 데려왔으니, 살아남을 수 있는 땅에 데려다 놓으면 모두 싸 우지 않고 달아날 것 아닌가. 하지만 죽을 곳에 있다면 죽기살기로 싸 울 수밖에 없지."

장수들이 이 말을 듣고 탄복했다고 합니다.

이후 배수진은 더 이상 물러날 곳이 없는 장소에서 필사적으로 싸 우는 상황을 의미하게 되었습니다.

◉— 거기서 거기다

오십보백보 五十步百步
다섯 오 | 열 십 | 걸음 보 | 일백 백 | 걸음 보

오십 보 도망친 사람이 백 보 도망친 사람을 보고 겁쟁이라고 비웃는다는 데서 나온 말로, 좀 낫고 못한 차이는 있으나 크게 보면 서로 비슷할 때 쓰는 말입니다.

『맹자(孟子)』의 「양혜왕(梁惠王)」 상편에 이런 이야기가 있습니다.

맹자를 만난 양혜왕이 이렇게 물었습니다.

"내가 이웃나라 왕보다 정치를 더 잘하는데, 왜 그 나라 백성들이 우리나라로 이사 오지 않는 것이오?"

당시에는 세금을 내고 부역을 담당하는 백성들의 숫자가 국력이었

던 시대였습니다. 당연히 백성이 많은 나라가 더 국력이 셌습니다. 그리고 사람들이 더 살기 좋은 나라로 이동하는 것도 어렵지 않았어요. 그래서 양혜왕은 사람들이 자신의 나라로 많이 이사오기를 바랐습니다. 그런데 사람들이 자신에게 호의적이지도 않고, 이사도 오지 않아서 왜 그런지 이유를 물은 것이죠.

맹자는 다음과 같이 대답했습니다.

"왕께서는 전쟁을 좋아하시니, 전쟁에 비유하여 말씀드리지요. 전쟁터에서 한창 접전일 때 두 병사가 갑옷을 버리고 무기를 질질 끌면서 도망쳤습니다. 어떤 병사는 백 보를 도망가서 멈추고, 어떤 병사는 오십 보를 도망가서 멈추었습니다. 그때 오십 보를 도망친 병사가 백 보를 도망친 병사를 보며 비웃고 나무랐습니다. 왕께서는 이것을 어떻게 생각하십니까? '전쟁터에서는 오십 보를 도망간 것이든 백보를 도망간 것이든 거리만 다를 뿐 도망간 것은 똑같다'는 이치를 아신다면, 민심이 당신에게 몰리기를 바라지 마십시오. 당신의 정치나 이웃나라 왕의 정치나 못하기는 오십보백보입니다."

양혜왕은 자신이 이웃나라 왕보다 정치를 잘한다고 생각했지만 결국 도토리 키재기에 불과했다는 것이죠.

오십 보나 백 보나 둘 다 잘못의 크기만 조금 차이 날 뿐 잘못한다는 것에서는 별 차이가 없다는 것입니다.

3장

운명의 대결

돌아온 노빈손

어느 날 포숙아가 노빈손에게 말했다.

"얼마 전에 규 왕자님의 스승이 돌아가셨다고 한다. 그래서 내가 뒤를 이을 스승으로 관중을 추천했더니, 당장 입궐시키라고 하시는구나. 빈손아, 네가 가서 관중을 좀 불러 오거라."

"하여간 포숙아 아저씨는 관중 아저씨를 끔찍하게 챙기신다니까요. 취직 자리까지 마련해 주시고. 관중 아저씨는 호떡집 잘하고 있을 텐데, 뭐하러 부르나요?"

"어허! 관중은 작은 호떡집이나 경영하기에는 아까운 인재人才다. 그걸 아직까지 모르다니! 어서 다녀오기나 해라."

길을 떠나는 것은 귀찮았지만, 한편으로는 밤새서 수업을 하는 괴로움에서 잠시나마 벗어날 수 있어서 좋았다. 갑자기 호떡 맛이 무지하게 그리워졌다. 노빈손은 제일 먼저 호떡집으로 찾아갔다. 하지만 이미 다른 가게로 바뀌어 있었다.

"어, 그 사이에 다른 곳으로 가게를 이전했나?"

노빈손은 서둘러 관중의 집으로 갔다.

"관중 아저씨, 저 많이 보고 싶으셨죠? 귀염둥이 빈손이가 돌아왔어요!"

관중의 집 대문을 박차고 들어선 노빈손은 뭔가 심상찮은 기운이 감도는 것을 느꼈다. 집 안은 썰렁했고, 관중은 머리를 싸맨 채 책상

인재 ─────

사람 인人 | 재주 재才 학식과 능력, 재주 따위를 갖춘 뛰어난 사람을 말한다. 예) 빈손이 재가 과학과 역사 방면에서는 확실히 뛰어난 인재라니까.

머리에 붙어 있었다.

"끄으응……."

"아니, 무슨 일이 있어요?"

노빈손이 염려스럽게 물었다. 관중이 한숨을 쉬었다.

"너와 포숙아가 떠난 뒤, 그간 모은 자금을 다 쏟아부어 대대적인 확장 공사를 했었다. 가게도 휘황찬란하게 짓고, 취급 음식 가짓수도 늘리고 주방장과 종업원들도 대거 고용했지. 우리 어머니도 이제 연세가 있으셔서 쉬셔야 하니까 말이야. 그런데 손님이 다 떨어져 나가 완전히 쪽박을 차고 말았지 뭐냐. 그래서 지금 원인 분석 자료를 만드는 중이다."

"정말 사태가 심각한 모양이군요. 그러게 왜 그러셨어요? 동업자인 포숙아 아저씨한테 상의 한마디도 하지 않으시고 가게를 확장하다니. 좀 잘나간다고 섣불리 대대적으로 신장개업新裝開業하는 음식점치고 잘되는 걸 못 봤다고요. 잘나갈 때 전통을 잘 보전하는 것이 더 중요하단 말예요. 할머니도 아무것도 안 하고 쉬는 것보다 일하는 것을 더 좋아하실 텐데."

관중이 벌레 씹은 표정을 지었다.

"넌 잘 모르겠지만, 원래 경기부양이 필요할 때는 소비를 해야 해. 경제가 좋지 않은 이유는 대개 소비 구조가 지나치게 굳어 있기 때문이거든. 가진 사람들이 돈을 많이 쓸 수 있는 방안을 마련해야 해. 그래야 돈이 돌아서 가난한 사람들에게도 갈 수 있어. 내가 호떡집을 확장했던 이유가 다 있다고."

───────────────────────── 신장개업

새로울 신新 | 꾸밀 장裝 | 열 개開 | 업 업業 상점이나 건물을 가게로 새로 꾸며서 영업을 시작한다는 뜻이다. 예) 그들은 낡은 집을 고쳐 음식점으로 신장개업을 했다.

노빈손은 깜짝 놀랐다.

"음, 나름 생각이 있으시긴 했군요. 근데 그러면 뭐해요, 다 망해 버렸는데? 하여간, 포숙아 아저씨한테 고마워해야 해요. 어떻게 호떡집이 망한 걸 딱 알고 취직 자리도 마련해 놓으셨다니까요."

굿 왕자의 스승

포숙아는 노빈손과 함께 제나라 임치로 온 관중을 반가이 맞았다. 관중이 말했다.

"난 자네가 밤낮 가리지 않고 소백 왕자와 공부하느라 발분망식發憤忘食해서 나를 잊은 줄 알았다네."

"그럴 리가 있나? 내가 얼마나 자네를 생각하는데. 그나저나, 호떡집은 어떻게 하고 왔나?"

"호떡집이 워낙 잘되기에 큰 음식점으로 신장개업했으나 재화의 흐름을 파악하지 못해서 망했다네."

"뭐, 그럴 수도 있지. 앞으로 경세제민經世濟民하기 위해 좋은 공부를 했다고 치세. 자네의 실패는 장차 세상을 풍요롭게 만드는 소중한 자산이 될걸세."

노빈손은 답답한 나머지 대화에 끼어들었다.

발분망식

드러낼 발發 | 분할 분憤 | 잊을 망忘 | 먹을 식食 몸과 마음을 다해 분발하고 노력하느라 밥 먹는 것도 잊을 정도라는 뜻이다. 예) 노빈손은 프라모델을 조립하는 일에 푹 빠져서 발분망식하였다.

發憤忘食

"포숙아 아저씨, 작은 실패가 아니라고요. 완전히 쫄딱 망했는걸요. 지금 포숙아 아저씨의 투자금 회수조차 불가능하다고요. 상황을 좀 생각하세요."

"쫄딱 망하다니, 너는 관중한테 무슨 그런 저속한 표현을 쓰느냐? 관중이 부족해서가 아니라 단지 때를 잘못 만났던 것뿐이라니까. 그리고 내가 언제 투자금 달라고 하더냐?"

포숙아가 노빈손을 꾸짖는 것을 보던 관중이 한숨을 푹 내쉬었다.

"다만 어머니가 마음에 걸리네."

"어머나, 어서 가서 금의환향하기 전엔 고향에 얼씬도 하지 말라고 소리치신 할머니가 누구네 집 어머니셨더라? 할머니는 혼자서 호떡 집을 다시 열고 완전 즐겁게 지내신다고 하던데요."

"역시 정보 요원 노빈손일세. 어머님을 생각해서라도 자네가 이곳에서 성공해야지."

포숙아의 말에 관중이 고개를 끄덕였다.

"맞네. 그래서 열심히 해 볼 작정일세."

"그럼 두 분은 따로 지내시는 건가요?"

노빈손이 관중과 포숙아를 번갈아 쳐다보면서 묻자, 포숙아가 노빈손을 돌아보며 말했다.

"아참, 그렇지. 우리에게 혹이 하나 달려 있는 걸 잊고 있었네."

관중이 대답했다.

"혹시 자네가 달고 다닐 생각 없는가?"

포숙아가 손사래를 쳤다.

경세제민

다스릴 경經 | 세상 세世 | 구제할 제濟 | 백성 민民   세상을 다스리고 백성을 고난에서 구제한다는 뜻으로, '경제'는 이 한자성어의 줄임말이다. 예) 정약용은 경세제민을 실현하려면 굶주리는 백성이 있는가 잘 살펴야 한다고 주장했다.

"아, 아니네. 내가 꽤 오래 데리고 있었잖나. 이젠 자네 차례일세."

"고기도 먹어 본 사람이 먹는다고, 자네가 계속 데리고 있는 게 어떤가?"

"노빈손이 자네 어머니와 정이 돈독하니 자네와 함께 있는 게 맞지."

"정으로 미래를 결정할 순 없네."

두 사람의 실랑이가 계속되자 노빈손이 또 끼어들었다.

심사숙고

깊을 심深 | 생각할 사思 | 익을 숙熟 | 상고할 고考 사람이 어떤 내용을 깊이 생각하고 고민하는 모습을 가리킨다. 예) 노빈손은 모의고사 4번 문제의 답을 몰라 몇 번을 찍을지 심사숙고하였다.

"제가 끼워 팔기 행사 사은품도 아니고, 대체 왜들 그러세요?"

그제야 두 사람은 노빈손을 바라보며 겸연쩍은 표정을 지었다.

"으음… 미안하다, 빈손아."

"그럼 네가 결정하렴. 한번 선택이 평생을 좌우할 수 있으니 심사숙고深思熟考하거라."

노빈손은 골똘히 생각하더니 이내 고개를 들고 입을 열었다.

"그럼 저는 관중 아저씨랑 있을래요."

"왜?"

"이유는……."

관중이 심드렁하게 말했다.

"분명히 먹는 것과 관련 있을 테지."

노빈손이 실실 웃으며 고개를 끄덕였다.

"맞아요. 관중 아저씨는 호떡집 경력자시잖아요?"

하지만 사실 노빈손은 속으로 다른 생각을 하고 있었다.

'아무래도 마음 착한 포숙아 아저씨보다는 까칠한 관중 아저씨가 더 걱정된단 말이야. 호떡집 문 닫은 것도 그렇고, 그러고도 반성 없는 것도 그렇고. 내가 옆에서 챙겨 주지 않으면 큰 사고를 칠지도 몰라.'

포숙아는 살짝 안도의 숨을 내쉬며 웃었다.

"허허허, 누가 역대급 식신 노빈손이 아니랄까 봐. 어쨌든 네가 선택했으니 관중을 잘 보필輔弼해야 한다."

하지만 관중은 약간 떨떠름한 표정을 지어 보였다.

보필

도울 보輔 | 도울 필弼 임금이나 상관, 주인의 일을 옆에서 돕는 것을 말한다. 예) 장영실은 수많은 발명으로 세종대왕을 힘껏 보필하였다.

輔
弼

운명적 만남

삼경(三更)을 넘긴 시각, 희미한 등잔불 아래에서 관중과 규 왕자가 서로 마주 보고 앉아 있었다. 손으로 턱을 괸 채 목석마냥 꿈쩍 않고 있던 왕자 규가 의자를 박차고 일어났다.

"스승님!"

"말씀하십시오, 왕자님."

"부왕께서 돌아가시고 형님이 왕위에 오른 후, 우리 제나라 돌아가는 꼴 좀 보세요. 정말 이래도 되는 겁니까? 제가 지금 무슨 말을 하려는지 잘 아시죠?"

관중은 묵묵부답默默不答이었다. 그것이 바로 긍정의 다른 표현임을 알아챈 규가 거침없이 말을 내뱉었다.

"제가 이 나라를 접수해야겠습니다. 그것도 최대한 신속하게 말입니다. 그래서 지금 만연해 있는 환부를 인정사정 없이 도려낼 겁니다. 하나도 남김없이 철저하고 지독하게 모두 없애버릴 겁니다."

그의 이글거리는 두 눈에서 불똥이 튀었다. 관중은 내심 쾌재를 불렀다.

'생각보다 야망이 크군. 결단력 있고 과감하기까지 해. 딱 내 취향이야. 이제야 내가 때를 제대로 만나게 되는군.'

규는 다짜고짜 관중에게 말을 건넸다.

"제가 원하는 바를 이룰 수 있도록 스승님께서 목숨을 걸어 주셔야

묵묵부답

묵묵할 묵默 | 묵묵할 묵默 | 아닐 부不 | 대답할 답答 묻는 말에 입을 다문 채 아무 대답도 하지 않는 모습을 가리킨다. 예) 레알 마드리드가 세계적인 축구 선수 호날두와 미래를 함께하기 위해 5년 장기계약서를 내밀었지만, 정작 호날두는 묵묵부답이다.

겠습니다."

관중도 한 치의 망설임도 없이 대답했다.

"무슨 뜻인지 잘 알겠습니다. 왕자님이 보위에 오를 때까지 견마지로犬馬之勞일망정 조금도 아끼지 아니하겠습니다."

의기투합한 두 사람은 일사천리로 일을 진행시키기로 했다.

"쇠뿔도 단김에 빼라고 했습니다. 일을 도모하려면 스승님을 보필할 사람이 있어야 할 텐데, 누구 좋은 사람 없습니까?"

"저요, 저요, 저요!"

공교롭게도 건넌방에서 코를 골며 자고 있던 노빈손이 타이밍 좋게 잠꼬대를 하였다. 관중이 한숨을 쉬며 말했다.

"저 아이를 써 보시면 어떠실런지요? 많이 먹는다는 점만 빼면 비서로 아주 적합한 아이입니다. 중요한 일은 맡길 수 없지만 사소한 심부름은 시킬 만할 겁니다."

"스승님께서 추천하신다면 좋습니다. 아, 그렇지. 우리와 뜻을 같이할 사람이 또 있습니다. 당장 모두 모여 이 자리에서 금석맹약을 맺도록 하지요."

"그 사람이 누굽니까?"

"소홀(召忽)이라고 합니다. 부를 소에 문득 홀 자를 쓰지요. 이름 그대로 부르기만 하면 어느새 문득 나타나 있습니다."

치렁치렁 늘어뜨려진 발이 한 번 크게 출렁이더니, 거무튀튀하고 각진 얼굴에 떡 벌어진 어깨와 강판같이 단단하고 두꺼운 가슴팍, 초콜릿 식스팩을 가졌을 것 같은 남자가 홀연히 들어왔다. 소홀이었다.

견마지로

개 견犬 | 말 마馬 | 어조사 지之 | 힘쓸 로勞 개나 말 정도의 하찮은 힘이란 뜻으로, 임금이나 나라에 충성을 다하는 자신의 노력을 낮추어 이르는 말이다. 예)『삼국지』를 읽으면 제갈량이 자신을 세 번이나 찾아온 유비에게 견마지로를 다하겠다고 맹세하는 장면이 나온다.

관중은 놀랐다.

"아니, 자네는?"

그간 세월이 많이 흘렀지만 관중은 그를 한눈에 알아보았다. 소홀은 바로 어릴 적 고향에서 관중과 동문수학同門修學하던 동무였던 것이다. 소홀이 말했다.

"관중, 나를 기억하는가?"

"그래, 기억나네. 내가 따돌림을 받으며 자랄 때 포숙아는 언제나 나를 인정하고 믿어 주었고, 자네는 나와 사사건건 다투기는 했어도 의리로 포숙아와 나를 지켜 준 친구였지."

관중은 잠시 어린 시절의 추억에 잠겼다.

🏯 얄미운 오리 새끼

화베이 평원이 시원스레 뻗어내려 간 땅 한 자락 끝, 회수의 줄기가 휘감아 도는 마을 어귀에 자리 잡은 주나라 시대의 지방 사립학교인 상(庠).

양쪽 머리를 둥글게 말아 묶은 어린아이들이 붉은 기둥 주변에서 삼삼오오 모여 수군거리고 있었다.

"야, 소문 들었냐? 그 잘난척쟁이 이오(夷吾) 녀석이 아예 관중(管

同門修學

동문수학

같을 동同 | 문 문門 | 닦을 수修 | 배울 학學 누군가와 같은 학교, 같은 스승 밑에서 함께 공부한 것을 가리키는 말이다. 예) 노빈손은 해리포터와 함께 호그와트 마법학교에서 동문수학하고 싶어 했다.

仲)이라고 개명을 했대."

"사부님이 지어 주셨대나 어쨌대나. 어찌나 자랑하는지 도저히 눈 뜨고 봐 줄 수가 없어. 어쨌든 그 녀석은 진상이야."

배가 볼록 나와 배꼽이 다 드러난 한 아이가 반쯤 감긴 눈으로 코를 후벼 파며 물었다.

"뭐, 관중? 그게 뭔 뜻이야?"

그 말을 들은 아이들이 다들 한 마디씩 거들었다.

"뭔 뜻이든 그게 무슨 상관이냐? 어쨌든 이오 녀석이 나오면, 또 연합 작전으로 골려 주자. 알겠지?"

"그래, 그래. 신발 안에 개똥을 넣어 놓는 건 어때?"

"야! 그건 어제도 한 거잖아. 이오 개명 기념으로 참신한 걸 좀 생각해 봐."

"좋아, 그럼 당장 작전을 짜자. 다들 모여 봐."

이때 한 아이가 모여 있는 아이들에게 다가왔다. 깨끗하고 단정한 옷차림에 눈이 유난히 컸고, 뽀얀 얼굴에 온화한 기운이 흘렀다.

"애들아, 그러지 마."

다들 그 아이를 돌아보았다.

"저건 또 뭐야. 참견쟁이 포숙아 아냐?"

"어이 참견쟁이, 잘난척쟁이랑 한패였어? 아주 끼리끼리 논다. 유유상종類類相從이라더니 딱 그 짝이야."

친구들이 비아냥댔지만 포숙아의 표정은 조금도 변하지 않았다.

"이오, 아니 관중은 그릇의 크기가 우리랑 달라. 사부님은 그것을

유유상종

무리 류類 | 무리 류類 | 서로 상相 | 따를 종從 같은 종류끼리 서로 따르며 친하게 지낸다는 뜻으로, 비슷한 수준이나 취향을 가진 사람들끼리 어울려 다니는 것을 말한다. 예) 쟤들 노는 것 좀 봐. 유유상종이라는 말이 딱 어울려.

類類相從

아시고 이름을 새로 지어 주신 거야. 그러니 우리 모두 관중을 축하해 주면 어떨까?"

"아, 지겨워. 저 참견쟁이, 또 연설 시작이다."

포숙아는 아이들이 이구동성異口同聲으로 내는 볼멘소리가 잦아 들기를 잠자코 기다렸다가 다시 말을 이었다.

"물론 관중이 지금 너희들 보기엔 재수 없게 말하거나 행동할지도 몰라. 하지만 그렇다고 해서 집단으로 괴롭히는 것은 옳지 못하다고

이구동성

다를 이異 | **입 구**口 | **같을 동**同 | **소리 성**聲 입은 다르나 목소리는 같다는 뜻으로, 여러 사람의 말이 한결같음을 이르는 말이다. 예) 봉사활동에 참가한 학생들은 힘들었지만 보람을 느꼈다고 이구동성으로 말했다.

異口同聲

생각해. 게다가 지금 우리는 어린이잖아. 아직 다 같이 뭘 모르고 있는 때라고. 그러니 현재 모습을 보는 게 아니라 먼 미래를 그리며 서로 인정하고 도와주며 살아야지.”

“이야, 정말 대단한 성인군자聖人君子 납시었다.”

“됐고, 너 그냥 빨리 결정해. 우리 편으로 올 거야, 아니면 저 잘난 척 대마왕인 관중의 편을 계속 들 거야? 네가 어떻게 해야 앞으로의 생활이 편할지 잘 생각해 보라고.”

포숙아는 입술을 꾹 다물어 보였다.

“난 편을 갈라서 누가 누구 편이라고 하는 거 싫어. 하지만 굳이 편을 나눌 수밖에 없다면 약자인 관중의 편에 서겠어.”

어이가 없는 표정을 짓는 친구들을 본 포숙아는 강조해야 할 단어에 힘을 주어 가며 말을 했다.

“사부님이 지어 주신 관중의 이름은, 관리하다 할 때의 관(管)에다 씨를 뿌린다는 뜻의 종(種)과 비슷한 발음을 가진 중(仲)을 붙인 것이라고 하더라. 얘들아, 관중이 어떤 씨앗을 세상에 심을지 정말 기대되지 않니?”

그러자 아이 하나가 입을 삐죽거리며 비아냥거렸다.

“피이, 이런 촌구석에서 인물이 나 봐야 그게 그거지. 그럼 넌 평생 관중 책 보따리나 들어 주고 살아라.”

아이들은 모두 코웃음을 치며 흩어졌다. 포숙아는 고개를 절레절레 흔들고는 혼잣말로 중얼거렸다.

“아무도 관중의 친구가 되지 않겠다면, 나라도 관중을 지켜 주는 친

성인군자

성스러울 성聖 | **사람 인人** | **임금 군君** | **아들 자子** 덕과 지혜가 뛰어나고 사리에 정통하여 모든 사람이 길이 우러러 받들 만한 사람을 가리키는 말이다. 예) 포숙아가 목숨을 걸고 관중을 감싸는 걸 봤어? 그는 정말 성인군자라니까.

구가 되어야겠어."

마치 어른처럼 뒷짐을 진 그의 어깨 위로 봄 햇살이 살포시 내려앉았다.

소가 되새김질하는 이유

포숙아와 관중이 함께 집으로 돌아갈 때였다. 유난히 다부져 보이는 몸집을 가진 아이 하나가 포숙아를 불렀다. 바로 소홀이었다.

"포숙아, 관중! 같이 가자. 듣고 보니까 포숙아 말이 맞는 것 같아. 그런 게 진짜 남자들의 의리지."

포숙아가 미소를 지었다.

"소홀이구나! 고마워. 우리 같이 관중의 진정한 친구가 되어 주자."

"그럼 나한테 공부 잘하는 비결을 알려 줄래?"

소홀이 말하자 관중이 의아한 눈빛으로 쳐다보았다.

"공부하려고? 네가? 언제는 두 주먹만 믿고 살면 된다더니?"

"헤헤, 그렇게 생각했었지. 그런데 너희 둘은 뭔가 특별해 보여서. 나도 너희들처럼 되고 싶어. 그러니 공부 잘하는 법 좀 알려 줘."

소홀이 겸연쩍게 머리를 긁적였다. 그러자 관중이 조금도 주저함 없이 말했다.

豪言壯談

호언장담

호걸 호豪 | 말할 언言 | 씩씩할 장壯 | 말씀 담談 의기양양하여 자신 있게 말하는 행동,. 또는 그런 말을 가리킨다. 예) 노빈손은 평소 자신이 세계 햄버거 많이 먹기 대회에 나가면 반드시 챔피언이 될 거라고 호언장담했다.

"말로 설명하면 너한텐 어려울 거고……. 그럼 몸으로 풀 수 있는 문제를 하나 낼게. 지금 당장 외양간에 가서 소를 잘 지켜봐."

소홀은 소매를 걷어붙였다.

"소랑 한판 붙어 보라고?"

그런 소홀을 보고 관중이 픽 웃었다.

"그게 아니라, 소가 오랜 시간 밭을 갈고 수레를 끌어도 지치지 않는 비결이 무엇인지 알아오라고."

"소를 가만히 쳐다보는 게 뭐 힘든 일이라고."

호언장담豪言壯談하던 소홀은 다음 날 관중과 포숙아에게로 또 달려왔다.

"그래, 답을 알아냈어?"

포숙아가 묻자 소홀은 자신 있게 대답했다.

"응. 하루 종일 화장실도 안 가고 지켜봤는데, 소란 놈은 먹고 나서 계속 되새김질을 하더라고. 혹시 그게 복습이 중요하다는 걸 말하는 거 아냐?"

관중은 적이 놀라는 표정을 지으며 말했다.

"어쭈, 소홀 너 다시 봤다. 맞아. 소가 되새김질, 유식한 말로 반추 反芻하는 것처럼, 공부도 배운 걸 자기 것으로 완전히 소화할 때까지 끊임없이 복습을 해야 해. 그러면 우리처럼 성적이 높아진다고. 에헴, 이런 건 아무한테나 배울 수 없을 거야."

포숙아가 방긋 웃으며 소홀과 관중을 바라보았다.

반추

되돌릴 반反 | 꼴 추芻 소나 양이 먹은 풀을 다시 씹는 되새김질 또는 어떤 일을 되풀이하여 음미하거나 생각함을 비유하는 말이다. 예) 나는 SNS를 잠시 끊고 고독 속에서 책에 담긴 의미를 반추하면서 퇴화 중인 생각 근육을 연마하는 소중한 시간을 만들려고 한다.

反芻

다른 침대에서 꾸는 같은 꿈

다음 날, 관중은 노빈손과 함께 포숙아를 찾아왔다.

"이보게, 양공의 시대는 얼마 가지 못할 것 같지 않은가?"

관중의 말을 들은 포숙아는 흠칫 놀란 표정을 지었다. 그의 큰 눈이 더욱 커지고 입 언저리가 가늘게 떨렸다. 포숙아가 대답했다.

"음, 내 생각에도 왕이 저렇게 나라는 돌보지 않고 사치와 향락에 젖어 살고 있으니, 왕좌를 오래 보존하기는 조금 힘들지 않을까 싶네만……."

관중이 나지막이 말을 꺼냈다.

"내가 보건대 틀림없이 양공에게 변고가 생길 것이야. 그러면 내가 모시는 규 왕자와 자네가 모시는 소백 왕자, 둘 중 한 분이 새 시대를 열게 될 것이네."

포숙아는 천천히 고개를 끄덕였다.

"역시 자네의 정세 판단이 매의 눈처럼 예리하군 그래."

"소백 왕자님도 분명히 뭔가 말씀하셨겠지. 안 그러나?"

포숙아는 순간적으로 아무 말도 하지 못했다. 관중은 확신에 찬 목소리로 말했다.

"소백 왕자도 분명히 규 왕자의 움직임을 알고 계실 테지. 규 왕자님 성격에 여기저기 티 내면서 다녔을 테니까. 신중한 소백 왕자는 규 왕자님을 막으려고 할 게 뻔해. 규 왕자님의 급한 성격이 왕위에 어울

不
俱
戴
天

불구대천 ─────

아닐 불不 | 함께 구俱 | 일 대戴 | 하늘 천天 하늘을 함께 이고 살아갈 수 없다는 뜻으로, 원수에 대한 감정을 나타낸다. 예) 『예기』에 보면 '부모의 원수와는 한 하늘 아래 살 수 없다'는 내용이 나옵니다. 음, 그러니까 불구대천의 원수는 부모의 원수를 말하는 거군요.

리지 않는다고 생각할 테니까. 그렇게 결심하고 자네와 뭔가 의논을 했을 거야."

"역시 자네는 못 속이겠군."

포숙아가 실토하자 노빈손은 혀를 내둘렀다.

"우아. 관중 아저씨는 혹시 점쟁이? 가만, 잠깐만요! 그럼 두 분이 지금 서로 적이 되겠다는 건가요?"

관중이 냉정하게 말했다.

"어쩌면 불구대천不俱戴天의 원수가 될지도 모른다네."

"아니, 포숙아 아저씨가 관중 아저씨를 얼마나 생각해 줬는데, 원수가 되겠다는 말을 어쩌면 그렇게 태연하게 하실 수가 있어요?"

노빈손이 안타까운 마음에 외쳤지만 포숙아가 힘없이 말했다.

"관중과 대척점對蹠點에 선다는 것이 쉬이 용납되지 않지만, 하늘의 태양이 둘이 아닌 것처럼 이 나라의 주인도 한 사람밖에 될 수 없겠지. 우리는 친구지만 어쩔 수 없는 선택이야."

"하여간 포숙아 아저씨는 관중 아저씨 말에 반박을 하는 법이 없군요."

관중이 포숙아에게 말했다.

"자네는 항상 말을 꺼내기도 전에 내가 바라는 걸 모두 해 주었어. 그래서 부탁이란 걸 할 일도 없었지. 평생 처음이자 마지막으로 내가 자네에게 부탁이라는 걸 하려 하네. 우리 편으로 오게. 규 왕자가 왕위에 오를 것은 확실하네. 내가 옆에 있으니까 말이야."

"우정과 충의는 다른 문제라고 생각하네. 난 소백 왕자를 따르겠네.

대 척 점

대답할 대對 | 밟을 척蹠 | 점 점點 서로가 맞은편의 끝과 끝에 존재한다는 뜻으로, 대립하는 관계를 묘사하는 말이다. 예) 노빈손과 말숙이가 각각 응원하는 야구팀이 대척점에 서 있어.

하지만 서로 다른 길로 간다고 해도 자네와 친구라는 사실은 변함없네."

포숙아는 일언지하一言之下에 거절했지만 두 눈에서는 어느새 눈물이 흐르고 있었다. 관중은 포숙아의 얼굴을 본체만체하며 자리에서 벌떡 일어났다.

"가자, 빈손아."

"아니, 어쩌면 두 번 권하지도 않고 간대요? 한 번만 더 권해 보세요. 네?"

일언지하 ━━━━━━━━━━━━━━

하나 일一 | 말씀 언言 | 어조사 지之 | 아래 하下 한마디로 딱 잘라서 확실하게 말하는 태도를 가리킨다. 예) 노빈손은 과자 좀 나눠 달라는 동생의 부탁을 일언지하에 거절했다.

만류하려던 노빈손은 관중의 얼굴을 보았다. 관중은 여전히 냉담한 표정을 짓고 있었지만 동공이 옅게 흐려져 있었다.

은밀하게 위험하게

관중의 저택 안에서 소홀과 노빈손, 관중이 심각한 얼굴로 이야기를 나누고 있었다. 관중이 미심쩍다는 듯이 노빈손에게 물었다.

"노빈손, 그게 정말이냐?"

"네, 확실한 정보통에서 나온 소식이라니까요."

관중의 얼굴에 긴장감이 감돌았다.

"자초지종自初至終을 상세히 말해 보거라."

"양공이 왕위에 오르고서도 국정을 돌보기는커녕 잔치를 벌이고 궁녀들을 희롱하니까, 그중에 성격이 강한 궁녀 하나가 양공에게 '동생들 반만이라도 좀 닮으세요'라고 했다네요."

"오호, 그 궁녀의 패기가 참 대단하긴 한데 그런 말을 하고도 괜찮다더냐?"

"괜찮긴요. 그 자리에서 바로 어디론가 끌려갔다고 합니다. 문제는 그다음이에요. 열등감이 폭발한 양공이 길길이 날뛰며 동생들을 가만히 두지 않겠다고 했다던데요."

――――――――――――――――――――――――――― 자초지종

~서부터 자自 | 처음 초初 | 이를 지至 | 끝 종終 어떤 사건이 처음부터 끝까지 전개되는 과정을 일컫는다. 예) 노빈손이 자초지종을 설명하자 그제야 말숙이의 표정이 부드러워졌다.

"그런 정보는 어디서 들었냐? 왕과 관련하여 그 정도로 불미스런 일이라면, 단단히 함구령緘口令이 내려졌을 텐데 말이야."

노빈손이 어깨를 으쓱해 보였다.

"유능한 정보원들은 다 자기만의 특별한 정보 입수 경로를 가지고 있다구요. 궁금하시더라도 조금만 참아 주세요."

관중이 자리를 털며 일어나 신속히 움직였다.

"흠, 긴급한 정보를 전해 줘서 고맙다. 규 왕자님께 빨리 알리고 대책을 마련해야겠구나."

"무슨 귀신 씨나락 까먹는 소리를 하고 있어, 엉?"

소홀이 탁자를 쾅 내려치며 일어났다.

"관중! 이런 건 한낱 영양가 없는 유언비어일 수도 있잖은가? 정보가 필요하면 직접 몇 놈 잡아와서 족치면 바로 나오는데, 저 문어의 말을 믿고 천하의 관중이 허둥지둥대는 꼴을 도저히 이해할 수 없네."

관중은 고개를 가로저으며 말했다.

"양공의 행실이나 향후 정치적 상황을 고려해 볼 때 충분히 일어날 수 있는 일이네. 그리고 정보는 요란 떠는 것보다 이렇게 소리 없이 얻는 것이 더 낫지. 그러니 더 이상 다른 소리 하지 마시게."

양공을 경계한 규 왕자와 측근들은 결국 달아나기로 결정했다.

"자정을 기해 이곳을 벗어난다. 목표지는 규 왕자님의 외가인 노(魯)나라이다. 그곳에서 훗날을 기약하는 거다. 양공의 의심을 사지 않게 쥐도 새도 모르게 달아나야 한다."

함구령

봉할 함緘 | 입 구口 | 명령 령令 어떤 일의 내용에 대해 말을 하지 말라는 명령을 말한다. 예) 드라마의 마지막회 대본이 나오자, 제작진은 결말이 알려지는 것을 막기 위해 배우들에게 철저한 함구령을 내렸다.

관중의 지시를 들은 노빈손이 한마디 했다.

"포숙아 아저씨께도 알려야죠."

"놔둬라."

"아니, 왜요? 소백 왕자님도 미움을 샀으니, 포숙아 아저씨도 같은 상황이잖아요. 동병상련同病相憐이란 말도 있는데……."

관중은 차갑게 내뱉었다.

"이미 나와 포숙아는 서로 선의의 대결을 하기로 했다. 지금부터는 승부만이 남아 있을 뿐이다. 그리고 승부는 이기려고 하는 것이다. 포숙아의 일은 포숙아에게 맡겨 둬. 결과는 하늘이 결정할 일이다. 너는 포숙아의 진영이 어떻게 하고 있는지만 알아보고 오너라."

노빈손은 하는 수 없이 소백 왕자의 거처로 발걸음을 옮겼다. 겉으로 보기에는 아무 변화가 없었다. 궁녀들과 환관들이 부지런히 주위를 돌아다니고 있었고 댓돌 위에 신발들도 가지런히 정돈되어 있었다. 하지만 노빈손은 이상한 낌새를 느꼈다.

'뭔가 이상해. 왜 이리 조용하지? 마치 아무도 없는 것 같아.'

이윽고 별채에 밥상이 들어가는 것을 훔쳐본 노빈손이 고개를 갸우뚱했다.

'밥상도 수상해. 소백 왕자가 좋아하는 반찬들이 없어. 삼시 세끼에 늘 닭고기 반찬이 올라왔는데. 음, 닭요리가 없다는 것은 소백 왕자가 이곳에 없다는 뜻?'

노빈손은 마구간으로 들어가 보았다.

'어라, 말은 그대로 있네. 아니지, 가만! 이건 소백 왕자가 타던 백

동병상련

같을 동同 | 병 병病 | 서로 상相 | 불쌍히 여길 련憐   같은 병을 앓는 사람끼리 서로 가엾게 여긴다는 뜻으로, 비슷하게 어려운 이들이 서로를 불쌍히 여겨 동정하고 돕는다는 말이다. 예) 그는 일찍 부모님을 여의었기 때문에, 무덤 앞에서 울고 있는 그녀에게 동병상련의 마음을 느꼈다.

同病相憐

마랑 비슷하게 생기긴 했어도 그 말이 아니야. 유난히 깔끔 떨던 소백 왕자의 말인데, 꼬리털에 때가 이렇게 묻어 있을 리가 없어. 자기가 있는 것처럼 위장해 놓고 어디 멀리 간 게 틀림없군.'

수사를 마치고 마구간에서 신속히 빠져 나오던 노빈손이 흠칫 멈춰 섰다.

'엇, 이건 마차 바퀴 자국이잖아?'

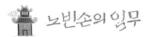 노빈손의 임무

관중이 재차 노빈손에게 물었다.

"뭐라고? 그게 정말 확실한 정보냐?"

"네. 바퀴 자국이 나 있는 길까지 확인하고 왔다니까요."

"그 자국이 어디를 향해 나 있더냐?"

"음. 그러니까 별채에서 나와서 노송길로 이어져 있었어요."

관중이 급히 지도를 펼쳐 들었다.

"노송길이라면 거나라 땅으로 연결되는 유일한 길인데. 그렇다면 소백 왕자와 포숙아가 거나라 땅으로 망명亡命한 게 틀림없어. 동작 한번 빠르군. 이것은 분명히 포숙아의 계책計策이야."

"소백이가 거나라로 망명한 것 같다고요? 그럼 우리가 늦은 게 아

망명 —————

잃을 망亡 | 목숨 명命 정치나 사상, 종교 등의 이유로 자기 나라에서 탄압이나 위협을 받는 사람이 이를 피해 다른 나라로 도망치는 것을 가리킨다. 예) 비록 생명의 위협을 받아 타국으로 망명을 떠났지만 김 선생은 조국을 잊을 수 없었다.

닙니까?"

규 왕자가 안절부절하자 관중이 안심시켰다.

"걱정하지 않으셔도 됩니다. 거나라는 제나라 수도 임치에서 가깝지 않습니까? 혹 만약의 사태가 일어나면 위험할 겁니다. 포숙아는 제 친구지만 전략을 세우는 데 있어서 저를 따라올 수는 없습니다. 황새와 뱁새의 차이라고나 할까요."

'우아, 어쩜 저렇게 자기 자랑을 아무렇지도 않게 하지?'

셀 계計 | 꾀 책策 어떤 일을 이루기 위해 궁리해 낸 꾀나 술책을 말한다. 예) '삼십육계'는 말 그대로 36가지의 군사 계책을 담은 병서의 이름이다.

노빈손은 기가 막혔다. 관중은 계속 말을 이었다.

"왕자님, 저희는 노나라로 가면 됩니다. 거기는 거리가 멀어서 안전한데다 왕자님의 외가이니 왕자님에게 큰 힘이 될 겁니다. 다만 포숙아를 완전히 무시할 수는 없습니다. 악수를 둔 것 같긴 하지만 허허실실虛虛實實 작전일지도 모르니 그의 일거수일투족을 주도면밀周到綿密하게 감시해야 합니다."

규 왕자는 노빈손을 바라보며 말했다.

"그렇다면 의심받지 않을 사람을 거나라로 보내서 소백 왕자의 정보를 계속 얻어 오는 것이 좋겠군."

"현명하신 판단입니다."

소홀이 못 미덥다는 표정을 지으며 오른손 주먹을 탁자 위로 내리쳤다.

"왕자님, 이런 막중한 임무를 저 문어머리에게 맡기다니 어불성설입니다. 저런 어설픈 녀석에게 맡기느니 차라리 절 보내 주십시오!"

"아, 자네는 절대 안 되네."

관중이 막아서자 소홀은 발끈했다.

"아니, 뭐라고? 나는 이미 규 왕자님을 위해서라면 목숨도 초개처럼 버리기로 결심한 사람인데, 감히 저깟 녀석이 할 수 있는 일을 내가 못 한다고 하다니! 친구에게 그 무슨 모욕적인 망발인가? 그 말 당장 취소하지 못하겠는가?"

관중은 미동조차 하지 않고 말했다.

"정보 요원의 필수 조건은 남들에게 경계심을 유발시켜서는 안 된

허허실실 ————

빌 허虛 | 빌 허虛 | 열매 실實 | 열매 실實 겉보기엔 허술해 보이지만, 사실은 그 안에 강한 것이 있어서 상대의 허를 찌를 때 쓰는 말이다. 예) 제갈량의 성은 군사도 없이 텅 비어 있었지만, 사마의는 함정일 거라 의심한 나머지 안으로 들어가지 않았지. 이런 게 대표적인 허허실실 작전이야.

다는 것이네. 그런 면에서 맹하고 어설프게 생긴 노빈손이 적격이란 말이야. 근육이 울퉁불퉁하고 몸이 좋은 자네는 어딜 가든 눈에 띌 것 아닌가?"

그제야 소홀의 굳은 얼굴이 스르르 풀어졌다.

"어험, 음… 그렇긴 하겠구먼. 내가 어디서나 돋보이는 것이 발목을 잡는단 말이지. 분하네."

🏯 소백 왕자 염탐 작전

결국 관중과 소홀은 규 왕자를 모시고 노나라로 망명했다. 노빈손은 홀로 떨어져 거나라로 갔다. 하지만 거나라 땅으로 들어온 지 며칠이 지났는데도 포숙아의 행방은 묘연했다. 홀로 헤매던 노빈손은 지칠 대로 지쳤다.

"왜 소백 왕자 일행을 찾을 수가 없지? 여기가 아닌가? 에고, 그들이 망명할 곳이라곤 거나라밖에 없다고 하던 사람들이 밉다 미워."

몸이 피곤한데다 배까지 고팠다. 노빈손은 요기를 하러 시장으로 향했다.

"어?"

어떤 음식점 간판을 본 노빈손의 얼굴이 활짝 갰다.

주도면밀

두루 주周 | 이를 도到 | 솜 면綿 | 빽빽할 밀密 주변을 잘 살피고 빈틈이 없는 태도를 이르는 말이다. 예) 겉으로는 고분고분해도 속으로는 주도면밀하게 여러 수를 헤아리고 있음이 분명했다.

周到綿密

호떡천국

"여기에도 호떡집이 있었네. 값도 저렴하고 종류가 많구나. 호떡집을 보니, 관중 아저씨랑 포숙아 아저씨와 함께 장사하던 깨알 같은 추억이 돋네. 오랜만에 호떡 맛이나 좀 볼까?"

노빈손은 단숨에 호떡집으로 달려 들어갔다.

"아니, 세상에!"

노빈손은 잠시 자기의 눈을 의심하였다. 호떡집 안쪽 탁자에 포숙아와 소백이 평민복을 입은 채 앉아 있었던 것이다.

"이런 우연이! 포숙아 아저씨가 호떡집에 들른 것은 십중팔구十中八九 관중에 대한 추억 때문일 거야. 에휴, 내가 저런 좋은 분의 일거수일투족一擧手一投足을 감시해야 하다니 운명의 장난치곤 좀 심하다만, 이것도 일이니 어쩌랴."

노빈손은 후다닥 식당 구석에서 꽃무늬 식탁보 한 장을 휙 뽑아 뒤집어쓰고 얼굴을 가렸다.

'헤헤. 이러면 영락없이 어여쁜 여염집 아가씨처럼 보이겠지.'

포숙아와 소백을 등진 채 바로 옆에 앉은 노빈손은 귀를 쫑긋 세우고 두 사람의 대화를 들으려고 애썼다. 소백이 포숙아에게 물었다.

"스승님, 왜 이렇게 많이 남기십니까?"

소백이 묻자, 호떡 앞에서 골똘히 생각에 잠겨 있던 포숙아가 대답

十中八九

십중팔구

열 십十 | 가운데 중中 | 여덟 팔八 | 아홉 구九 열 개 가운데 여덟이나 아홉이 그렇다는 뜻으로, 8~90퍼센트의 높은 확률을 일컫는 말이다. 예) 노빈손이 아직 잠 안 자고 있다면, 십중팔구 야식 먹느라 그럴 거야.

했다.

"아뇨, 많이 먹었습니다. 이만 일어나시지요."

"그러지요."

노빈손은 둘을 관찰한 내용을 토대로 급히 죽간에 편지를 써 관중에게 보냈다.

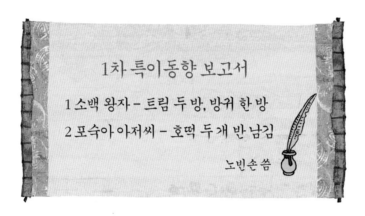

1차 특이동향 보고서

1 소백 왕자 - 트림 두 방, 방귀 한 방
2 포숙아 아저씨 - 호떡 두 개 반 남김

노빈손 씀

노빈손의 편지가 도착하자 노나라의 관중 진영에서는 일대 혼란이 일어났다. 규 왕자는 고개를 갸우뚱거렸다.

"이게 뭘 의미하는 걸까?"

소홀이 콧방귀를 뀌며 소리쳤다.

"흥, 노빈손이 정신을 외출시켰나 봅니다. 이런 허접한 사항들을 정보랍시고 보내다니요. 이따위 하찮은 정보가 도대체 우리한테 무슨 도움이 된다고요. 참 한심하기 짝이 없습니다."

그러나 관중은 한참 동안 노빈손의 편지를 들여다보며 생각하다가 천천히 입을 열었다.

一擧手一投足

일거수일투족

한 일一 | 들 거擧 | 손 수手 | 한 일一 | 던질 투投 | 발 족足 손 한 번 들고 발 한 번 옮긴다는 뜻으로, 크고 작은 동작 하나하나를 이르는 말이다. 예) 그녀는 상대방의 일거수일투족을 관찰하는 버릇이 있다.

"혹시 노빈손은 내용이 유출되어도 문제가 없게 중요한 사실들을 함축적으로 표현한 걸지도 모릅니다. 깔끔한 성격의 소백 왕자가 음식점에서 트림을 하고 방귀도 뀌었다잖습니까. 또, 평소 농부들을 생각한다면서 무슨 음식이든 남기는 법이 없는 포숙아가 호떡을 남겼다는 말은, 이 두 사람이 심각한 소화 기능 장애에 시달리고 있을 가능성을 보여 줍니다. 필시 극심한 불안과 정신적 부담이 원인입니다. 지금 상황이 우리에게 유리하게 돌아가고 있다는 증거지요. 이거 알토란 같은 정보인데요."

관중이 차분하게 노빈손의 의도를 설명했지만, 소홀은 참지 못하고 한 번 더 반박했다.

"거 무슨 귀신 씨나락 까먹는 이야기인가? 꿈보다 해몽이 더 좋다더니. 왕자님, 천하를 도모하시려면 이런 얼치기부터 정리하십시오. 만약 이대로 놔뒀다간 분명히 결정적일 때 큰 코 다치고 후회막급後悔莫及하실 겁니다. 어이구 답답해."

"그래도 그 아이 덕분에 소백 왕자와 포숙아가 거나라로 망명한 것을 알아내지 않았는가."

관중이 노빈손을 변호하자, 소홀이 답답함을 못 이기고 가슴을 쿵쿵 쳐 댔다.

"그건 황소 뒷걸음치다가 쥐 잡은 격이네, 이 답답한 사람아."

둘의 대화를 듣고 있던 규 왕자가 머리를 감싸쥐며 짧은 신음을 토해 냈다.

"끄응~."

후회막급

뒤 후後 | 뉘우칠 회悔 | 아닐 막莫 | 미칠 급及 뭔가를 뒤늦게 뉘우쳐도 다시 어찌할 수 없는 상태일 때 쓰는 말이다. 예) 호기심에 불법시술 문신을 했던 청소년들의 상당수가 후회막급이라고 고백합니다.

계약 해지 안내

노빈손 앞
그동안의 노고勞苦에 감사드리오. 허나 본인은 귀하와 더 이상 재계약할 의사가 없으니, 이제 자유롭게 살 길을 찾아 가시오.

– 왕자 규

어떤 놈이야?

저 녀석요! 호떡 한장 시켜 놓고 하루종일 자리만 차지하는 녀석이요!

여기가 홍대 앞 카페냐?

꺄~ 그럼 나 정리해고 당한 거?

월급도 없이 맨날 호떡 한 장으로 버텼는데?!

구시렁-구시렁-

노고

勞苦

일할 노勞 | 쓸 고苦 어떤 일을 이루기 위해 수고스럽게 힘들이고 애쓰는 것을 말한다. 예) 먼 길 오시느라 노고가 많으셨죠?

"아니, 이건 해고 통지서잖아? 계약을 한 적도 없는데 해지는 또 뭐람?"

해고 통지서를 받은 노빈손은 허탈감에 빠졌다.

"이제 곧 엄동설한嚴冬雪寒이 닥칠 텐데, 이 추위에 어딜 가라고 일방적으로 해고하다니. 히잉~ 관중 아저씨, 밉다 미워."

노빈손은 호떡집에 앉은 채 망연자실하여 계약 해지를 취소해 달라고 호소하는 내용을 천 조각에 적고 있었다. 바로 그때였다.

쿵쾅대는 소리가 나더니 검은 옷을 입은 건장한 체구의 낯선 남자들이 호떡집에 들어섰다. 그들이 노빈손에게 다가왔다.

"우린 거나라 안전 보위국 소속 관원들이오. 수상한 자가 허구한 날 호떡집에 죽치고 앉아 있다고 신고가 접수되었소. 조사 좀 받으셔야겠소."

"네에? 거참, 거나라 이상한 나라네. 호떡 자주 사 먹는 것도 거나라에서는 불법인가요?"

"아무튼 지금 쓰고 있던 것 좀 봅시다. 뭔가 냄새가 나는데."

관원들 중 우두머리가 노빈손이 쓰다 만 편지를 집어들고 쓱 훑어보더니 다른 사람들에게 명령했다.

"이 자를 포박하라!"

"네에?"

노빈손은 필사적으로 항의했다.

"아저씨들, 제가 무슨 잘못을 저질렀다고 이러세요? 이건 거나라와는 아무 관계없는 편지라고요."

엄동설한 ─────────────

엄할 엄嚴 | 겨울 동冬 | 눈 설雪 | 찰 한寒 매서운 겨울의 심한 추위를 가리키는 말이다. 예) 이런 엄동설한에 내복도 안 입고 눈싸움이라니 말숙이 너도 참 대단하구나.

"아니, 충분히 수상한 내용이다. 이 안에 우리나라의 귀빈인 소백과 포숙아를 감시하고 있다는 내용이 있으니 체포의 명분은 충분하다. 널 국가 귀빈 보호에 관한 법령 1조 1항에 의거하여 체포한다."

거나라 관리들은 우악스럽게 노빈손의 양팔을 뒤로 꺾고 포승줄로 몸을 묶었다.

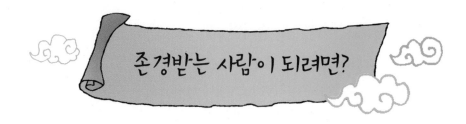

◉— 공부가 제일 쉬웠어요

괄목상대 刮目相對

비빌 괄 | 눈 목 | 서로 상 | 대할 대

삼국 시대 초엽, 오나라 왕 손권(孫權)의 신하 장수 중에 여몽(呂蒙)이라는 사람이 있었습니다. 여몽은 가정 형편이 어려웠던 탓에 공부를 많이 하지 못했고 무식했지만, 많은 전투에서 공을 세워 장군이 된 사람입니다.

어느 날 손권은 여몽에게 후한의 광무제와 조조의 예를 들어 주며, 열심히 공부하여 더 좋은 장군이 되라고 충고하였습니다. 그 후로 여몽은 전쟁터에서도 '손에서 책을 놓지 않고(수불석권手不釋卷)' 학문에 정진했습니다.

세월이 흘러, 오나라 신하들 중 가장 유식했던 노숙(魯肅)이 군부대 시찰 길에

여몽을 만났습니다.

그런데 여몽과 대화를 나누던 노숙은 그가 너무나 똑똑해진 것을 보고 깜짝 놀라 물었습니다.

"아니, 여보게. 언제 그렇게 공부했나? 예전의 여몽이 아닐세 그 려."

그러자 여몽은 이렇게 대답했다고 합니다.

"무릇 선비란 헤어진 지 사흘이 지나서 다시 만났을 때 '눈을 비비 고 다시 볼(괄목상대刮目相對)' 정도로 달라져야 하는 법이라네."

여기서 나온 고사성어가 수불석권과 괄목상대입니다. 괄목상대란 눈을 비비고 다시 본다는 뜻으로, 몰라보게 능력이 발전한 사람에게 쓰는 말입니다.

한동안 못 만난 친구가 놀라울 만큼 실력이 늘어난 경험이 있나요? 그런 친구를 만나면 어떤 기분이 들까요?

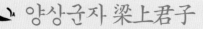

◉── 죄는 미워하되 사람은 미워하지 말라

양상군자 梁上君子

들보 양 | 위 상 | 임금 군 | 아들 자

『후한서』의 「진식전」에 나오는 이야기입니다.

조정의 환관들이 권력을 잡은 후한 시대 말기에는 올바른 정치를 외치는 지식인들을 옥에 가두는 등 온 나라가 혼란스러웠습니다. 세

상이 흉악하니 농민들은 살기가 더욱 힘들었습니다. 흉년이 들면 먹을 것도 없었고, 전쟁이라도 나면 그나마 남아 있는 땅마저 황폐해질 뿐이었습니다.

진식(陳寔)이 다스리던 마을인 '태구현' 역시, 흉년과 전염병, 전쟁으로 백성들의 생활이 힘든 상황이었습니다.

어느 날 진식이 깊은 밤중에 혼자 책을 읽고 있는데, 한 남자가 몰래 진식의 집에 들어와 슬그머니 천장의 대들보 위로 올라가서 숨었습니다.

진식은 도둑이 든 것을 알아챘지만, 그를 붙잡는 대신 아들과 손자들을 깨워서 자신의 방으로 모이게 한 후 이렇게 이야기했습니다.

"사람은 스스로 좋은 사람이 되도록 노력해야 한다. 악한 일을 하는 사람들도 원래 본성이 그런 것이 아니다. 습관이 잘못되어 그것을 반복하다 보니 자신도 모르게 옳지 못한 짓을 하게 되는 것이다. 지금 '천장 대들보 위에 있는 군자(양상군자梁上君子)'도 그런 사람일 것이다."

숨어서 진식의 말을 듣던 도둑은 감동을 받아 밑으로 내려왔습니다. 그가 방바닥에 이마를 대고 엎드리자 진식은 이렇게 말했다고 합니다.

"자네의 모습을 보니 도무지 나쁜 사람으로 여겨지지 않는군. 아마도 가난이 너무 심해서 견디기 힘든 탓에 이런 짓을 한 것이겠지."

진식은 도둑에게 비단 두 필을 주어 돌려보냈습니다. 그 일이 알려진 후, 진식이 있는 동안에는 태구현에서 도둑을 찾아볼 수 없었다고 합니다. 도둑조차 감동시키는 진식의 뛰어난 인품을 모두가 존경했기 때문이지요.

이 사건 이후 양상군자란 도둑을 점잖게 이르는 말이 되었습니다. 때론 집 안에 들어온 쥐를 일컫기도 합니다.

만일 진식이 도둑을 잡아서 혼쭐을 내주었다면 뒷이야기가 어떻게 달라졌을까요? 내가 진식이었다면 어떻게 했을지도 생각해 보세요.

붙들린 노빈손은 포숙아 앞으로 끌려갔다. 포숙아가 놀라며 노빈손을 맞았다.

"아니, 우리의 목숨을 노린다는 수상한 자가 노빈손 너였어? 관중을 보필해야 할 녀석이 여긴 웬일이냐?"

"그러게요. 하지만 전 지금 그분들과는 아무런 관계가 없는 사이가 되었어요."

"그게 무슨 말이냐?"

"쉽게 말씀드리자면 실력이 없다고 쫓겨났어요. 히잉."

포숙아의 눈꼬리가 아래로 처지며 인자한 눈빛으로 노빈손을 쳐다보았다.

"허허, 오갈 데 없는 신세가 된 것이냐."

"이런 걸 두고 낙동강 오리알 같다고 하나 봐요."

노빈손이 망연자실茫然自失한 표정으로 대답하자 포숙아가 포승줄을 손수 풀어 주며 말했다.

"그럼 나랑 일하자. 그러다 관중이 다시 부르면 돌아가도 좋아."

"에이, 아무리 그래도 저는 적이나 마찬가진데요. 포숙아 아저씨의 사찰을 담당했던 전력이 있잖아요. 아무 쓸모없을 거예요."

"이 세상에 쓸모없는 인간이란 존재하지 않는단다. 누구든 그 가슴 안에 빛나는 별이 있으니까 말이야. 모두가 특별하여 똑같은 사람이

茫然自失

망연자실

아득할 망茫 | 그러할 연然 | 스스로 자自 | 잃을 실失 황당한 일을 당한 사람이 어찌할 줄 몰라 정신이 나간 것처럼 멍하니 있는 상태를 말한다. 예) 농산물 가격이 연이어 폭락을 거듭하자 농민들이 망연자실하고 있습니다.

존재하지 않는 거지. 우리 서로에게 힘이 되어 주는 게 어떠냐?"

"관중 아저씨를 원망하지 않으세요?"

노빈손이 묻자 포숙아가 쓸쓸한 미소를 지었다.

"내가 관중을 원망할 이유가 없지. 선택한 길은 달랐지만, 어차피 우리가 꿈꾸는 세상은 같았거든. 일단 쟁기를 잡은 사람은 뒤를 돌아보지 않는 법이야."

포숙아는 노빈손을 데리고 소백에게로 갔다. 반갑게 맞아 주는 소백에게 노빈손이 멋쩍게 인사했다.

"안녕하세요, 오이 소백이… 아니, 소백 왕자님."

"반갑다 빈손아. 스승님한테 말 많이 들었다. 네가 있는 곳은 늘 웃음꽃이 핀다지? 망명 생활이 외롭던 차에 잘됐구나. 환영한다."

"넵, 사시사철 피는 웃음꽃 재배자 노빈손 인사드립니요. 이 은혜 백골난망白骨難忘입니다. 저를 넝쿨째 굴러 온 호박으로 생각해 주세요."

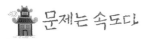 문제는 속도다

파드득, 파드득. 창가에서 날갯짓하는 소리가 났다. 창가를 향해 뛰어가는 노빈손에게 포숙아가 물었다.

백골난망

흰 백白 | 뼈 골骨 | 어려울 난難 | 잊을 망忘 죽어서 뼈만 남은 뒤에도 은혜를 잊을 수 없다는 뜻으로, 남에게 큰 은혜를 입었을 때 고마움을 나타내는 말이다. 예) 제 컴퓨터에서 포토샵을 켤 때 오류가 발생하는데, 뭐가 문제인지 알려 주시면 그 은혜 백골난망입니다. 내공 50 드릴게요.

"어, 그건 비둘기 아니냐?"

"네. 이 녀석이 정보를 전송하느라 항상 수고가 많지요. 옛다, 콩 좀 먹어라."

노빈손은 비둘기 발에 묶여진 편지통에서 천 조각을 꺼내고는 콩을 한 줌 먹이로 주었다.

"대체 무슨 내용이냐?"

편지를 읽던 노빈손이 깜짝 놀랐다.

"이것 좀 보세요. 무지(無知)가 반역을 일으켜 양공을 죽이고 왕이 되었는데, 양공보다 더한 폭정을 펼친 탓에 신하들이 암중공작暗中工作하여 무지를 죽였대요. 그래서 지금 제나라의 왕위는 비어 있다네요. 그래서 신하들이 소백 왕자님과 규 왕자님 중에서 먼저 임치로 입성하는 분을 왕으로 옹립擁立하기로 결정했대요."

"뭐라고?"

포숙아는 깜짝 놀라 그 편지를 받아 읽었다.

"도대체 이건 누가 보낸 편지냐? 믿어도 되는 사람이냐?"

"제게 전서구 펜팔로 사귄 궁녀 친구가 하나 있거든요. 제 여자 친구 말숙이랑 꼭 닮았기에 좀 친하게 지내고 있었죠. 거나라에 와서도 펜팔을 계속했더니, 이런 고급 정보를 저에게 주네요. 궁궐 소식통, 인간 더듬이라고 불리는 친구이니 믿으셔도 됩니다."

"역시 대단하구나, 노빈손. 전서구를 이용할 생각을 다 하다니."

포숙아의 칭찬에 신이 난 노빈손은 말했다.

"이 비둘기 좀 보세요. 몸이 날렵하게 빠진 것이 굉장히 우수하고

암중공작 —————————————————

어두울 암暗 | 가운데 중中 | 장인 공工 | 지을 작作 어둠 속에서 꾸미는 일이라는 뜻으로, 남들 모르게 은밀히 일을 꾸미는 것을 일컫는다. 예) 신하들이 암중공작하여 광해군을 몰아냈다.

귀한 종자래요. 사실 애를 만나게 된 것도 포숙아 아저씨 덕분이에요.
아저씨 따라 처음 제나라 궁에 들어갔을 때 만났거든요."

"그랬구나. 그나저나, 이런 귀중한 정보를 나만 가질 순 없지."

포숙아가 편지 쓸 채비를 하는 것을 본 노빈손은 깜짝 놀랐다.

"지금 뭐 하시는 거예요?"

"관중에게 이 사실을 알리는 편지를 쓰려고 한다."

"네? 우리 코가 석 자예요. 막강한 라이벌 진영에다 이런 중요한 정
보를 넘긴다고요? 죽 쒀서 개 주는 격이 될지도 모르는데요."

옹립

안을 옹擁 | 설 립立 어떤 사람을 임금으로 받들어 모신다는 뜻이다. 예) 고려가 무너진 후 이성계
가 조선의 왕으로 옹립되었다.

"비록 지금은 천하의 주인 자리를 두고 다투는 관계이지만, 좋은 것은 언제 어떤 상황에서라도 나눌 줄 아는 것이 진정한 친구 아니겠느냐. 지난번에 거나라로 올 때도, 너무 갑자기 오는 바람에 떠난다고 알리지 못한 것이 안타까웠다. 그게 늘 마음에 걸렸어."

노빈손이 한숨을 내쉬었다.

"아휴~ 답답한 포숙아 아저씨, 지난번에 관중 아저씨가 친구 관계는 끝이라고 하던 소리 못 들으셨나요? 관중 아저씨가 선수를 쳐서 제나라 임치에 먼저 가면 어떡하시려고요."

포숙아는 잠깐 생각에 잠기더니 말했다.

"관중이 뜻을 이룬다면, 그의 능력이 탁월할 뿐 아니라 하늘이 돕고 있다는 증거겠지. 하지만 나도 소백 왕자님이 왕위에 오르도록 모든 노력을 기울일 작정이다. 서로 똑같은 핵심核心 정보를 가지고 움직였을 때 누가 이길지는 하늘이 정하는 것. 결과가 어찌되든 깨끗이 승복할 것이다."

포숙아는 온화한 미소를 지으며 찻잔을 들어 올렸다. 미세하게 떨리는 찻잔에서 흐른 찻방울이 포숙아의 턱선을 타고 흘러내렸다.

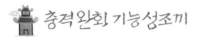

충격 완화 기능성 조끼

"이럇, 이럇!"

핵심 ───────

씨 핵核 | 심지 심心 씨앗의 중심이라는 뜻으로, 사물이나 사건을 볼 때 가장 요긴한 알맹이를 말한다. 예) 이 문제의 핵심은 그게 아니라 경제라고, 경제!

따가닥 따가닥 따각 따각. 말들이 속력을 내어 달리자 마차가 덜컹대는 강도가 점점 높아졌다. 노빈손이 투덜대는 소리도 덩달아 높아졌다.

"아이고! 팔, 다리, 엉덩이, 허리, 꼬리뼈야. 이러다간 도착 전에 경추, 척추, 요추가 죄다 제자리를 이탈하겠다. 포숙아 아저씨, 언제 쉬나요?"

"조금만 기다려라. 말들도 쉬어야 해. 꼴도 먹고 물도 마셔야 하니까. 한 식경食頃만 더 가면 주막이 나올 게다."

"사람 때문이 아니라 말 때문에 쉰다 이거죠?"

투덜대던 노빈손은 역참에 도착하자 제일 먼저 밥상에 달려들었다. 그러더니 마파람에 게눈 감추듯 밥 한 그릇을 뚝딱 해치웠다.

"아, 이 포만감이 주는 소소한 행복, 좋구나 좋아."

한참 배를 쓰다듬던 노빈손은 갑자기 반짇고리를 들고 못 쓰는 옷들을 얼기설기 잘라 붙이기 시작했다.

"날도 추운데 특수 의상을 하나 만들어 볼까나. 군인 아저씨들이 입는 깔깔이처럼 속에다 솜뭉치들을 좀 빵빵하게 넣고, 겉에 헌 옷을 이어 누벼 보자. 그러면 마차 탈 때 충격도 완화시켜 주고 밤에 입고 자면 보온도 되겠지."

덜커덩대는 마차 안에서도 손을 찔려 가며 바느질한 노빈손은 마침내 조끼를 완성했다.

"자, 세상에 하나뿐인 노빈손표 핸드메이드 명품 조끼 완성!"

노빈손이 신 나게 외치는 소리를 듣고 소백이 돌아보았다.

식경

먹을 식食 | 잠시 경頃 한 끼의 밥을 먹을 정도의 시간을 말한다. 예) 한 식경쯤 지난 뒤에 같이 농구할까?

"오호, 그거 멋진데? 이런 문양과 바느질 형태는 생전 처음 보는군. 빈손아, 그거 나 주면 안 되겠니?"

"하하, 소백 왕자님도 이 모던한 빈티지 밀리터리 룩이 마음에 드시나 보군요. 보기완 다르게 안목이 상당히 높으세요. 하지만, 안 됩니다. 이걸 어떻게 만든 건데."

노빈손이 등 뒤로 조끼를 감추는 것을 본 소백은 기름이 좔좔 흐르는 통닭 한 마리를 내밀었다.

"이거랑 바꾸자."

"와! 영혼을 울리는 천상의 향기, 훈제 치킨이다. 이게 얼마 만이야!"

통닭에서 확산되어 나온 냄새 분자가 코 속의 후세포를 강렬하게 자극하기 시작했다. 시신경과 중추 신경계까지 자극刺戟이 밀려들자 노빈손의 조끼 사수 의지는 허망하게 허물어져 버렸다.

"까짓 거, 다음에 또 만들면 되죠. 좋아요. 가지세요."

노빈손이 걸신들린 사람마냥 와구와구 통닭을 뜯는 동안, 소백은 노빈손이 만든 조끼를 받아 걸쳤다.

"어때? 이제야 이 조끼가 주인을 제대로 찾았지? 뒤태까지 숨 막히지 않냐?"

소백 왕자는 이리저리 몸을 돌려 자세를 바꿔 봤다.

"그럭저럭 봐 드릴 만은 합니다. 하지만 솔직하게 말씀드리자면, 상하체의 불균형이 패션의 완성도를 떨어뜨리고 있네요. 이 조끼는 워낙 소화하기 힘든 스타일이라서요. 아, 죄송해요. 제가 워낙 아부를

刺戟

자극 —————

찌를 자刺 | 창 극戟 찌르는 창이라는 뜻으로, 외부로부터 작용을 주어 정신적으로 반응이 일어나게 하는 것을 말한다. 예) 말숙이는 언제나 예측 못한 행동으로 노빈손에게 신선한 자극을 준다.

모르는 대쪽 같은 성품이라서."

마지막 남은 닭다리 하나를 입에 물고 물끄러미 소백을 바라보던 노빈손이 박한 평가를 내렸다.

"그래? 그럼 가만 있어 봐."

소백은 의류 보관함을 열어 치렁치렁 장식이 달린 청동 허리띠를 꺼내 허리에 둘렀다.

"자아, 이제 잘록한 나의 허리선이 완전히 살아났지? 이런 걸 금상 첨화錦上添花라고 하는 거야."

노빈손은 뽐내는 소백을 보고 웃음을 참을 수 없었다.

"하하하. 뭐 괜찮습니다. 약간 눈사람 같아 보이긴 하지만, 나름 잘 어울리세요. 그 요란한 금속 벨트를 소화할 사람은 이 세상에 몇 안 될 테니까. 왕자님, 힘내세요! 패션은 도전!"

포숙아도 엄지손가락을 치켜세우며 미소를 띠었다.

"왕자님, 더 멋있으십니다."

소백은 흡족한 표정으로 웃었다.

"대관식 때도 받쳐 입어야겠어. 하하핫."

화기애애한 분위기 속에서, 노빈손 일행을 태운 마차는 제나라 임 치를 향해 날듯이 달렸다.

금상첨화

비단 금錦 | 위 상上 | 더할 첨添 | 꽃 화花 비단 위에 꽃을 더한다는 뜻으로, 좋은 일 위에 더 좋은 일이 생기는 것을 비유적으로 이르는 말이다. 예) 다도에 따라 차를 마시는 것은 건강에 좋을 뿐 아니라 마음까지 맑아지니 금상첨화입니다.

나이샷!

핑

포숙아의 편지를 받은 관중은 몇몇 날
랜 병사들을 이끌고 바로 말을 달렸다.

"이럇! 빨리빨리 가자!"

"관중 님, 어디로 가시는 겁니까?"

"내가 어머니 찾느라 고생한 후로 지리
공부를 좀 했지. 제나라로 들어가는 길은
모두 내 손 안에 있다. 서둘러라! 우리는
포숙아가 갈 만한 길을 찾아 미리 매복을
할 거다."

관중과 병사들은 길을 내려다볼 수 있
는 높은 곳에 올라가 나무 덤불 속에 엎드

렸다. 관중이 병사들에게 말했다.

"우리가 있는 위치가 탄로 나면 다 죽는다. 바위처럼 꿈쩍하지 말고
있어야 한다. 어떤 상황에서도 경거망동輕擧妄動을 삼가고, 눈동자
굴러가는 소리도 내지 마라."

극도로 긴장된 상태로 숨을 죽이고 있던 관중의 눈앞에, 이윽고 저
멀리서 소백 일행의 마차가 먼지를 일으키며 다가오는 것이 보였다.

"드디어 저기 오는군. 왕자는 내가 맡겠다."

"저희들도 함께 쏠까요?"

輕
擧
妄
動

경거망동 ————

가벼울 경輕 | **행할 거擧** | **망령될 망妄** | **움직일 동動** 가볍고 조심성 없이 함부로 행동하는 것을
말한다. 예) 그의 연설에는 경거망동하지 말라는 경고를 담겨 있었다.

함께 있던 병사들이 묻자, 관중은 손을 뻗어 제지하며 말했다.

"쓸데없이 아까운 화살을 낭비하지 마라. 단 한 발이면 족하다."

관중은 애지중지愛之重之하는 물소의 뿔로 만든 각궁을 머리 위로 치켜들었다. 그리고 각궁을 서서히 눈앞으로 내리며 소의 힘줄을 아교로 칠한 시위를 끊어질 듯 팽팽하게 잡아당겼다.

"친구, 꿈을 꺾어서 미안하네. 하지만 내가 대신 그 꿈을 이루겠네. 소백 왕자여, 명복을 빌겠소. 잘 가시오."

쉬익!

애지중지

사랑 애愛 | 그것 지之 | 중할 중重 | 그것 지之 어떤 것을 매우 사랑하고 귀중하게 여기는 모습을 가리킨다. 예) 내 동생이 애지중지하며 키우는 햄스터 부부가 드디어 새끼를 낳았다.

愛之重之

강력한 탄성을 받은 화살이 관중의 손을 벗어나 정확하게 마차 위 소백을 향해 날아갔다.

"아아악!"

단말마의 비명을 지르며 소백이 넘어졌다. 백발백중百發百中의 명수, 일명 '활명수'라는 별명을 가진 관중답게 놀라운 궁술이었다.

"아아악! 왕자님! 왕자님!"

"아이고! 아이고!"

노빈손과 포숙아가 목청이 찢어져라 질러 대는 곡소리와 우왕좌왕 하는 수행원들의 동태까지 확인한 관중은 말머리를 돌려 세웠다.

"이렇게나 쉽게 끝나다니. 왠지 좀 허무한걸."

 ## 누가 왕위에 오를 것인가?

제나라의 대관식 잔치 전날.

노빈손은 궁궐 이곳저곳을 다니며 잔치 준비에 이것저것 참견하고 있었다. 궁궐 주방에 가서는 잔치에 나갈 전을 집어 먹다가 궁녀들에 게 쫓겨나기도 했고, 침방에 가서는 자기 옷을 왕 옷보다 화려하게 지어 달라고 우기다가 내관들에게 끌려 나오기도 했다.

마냥 신이 나 있는 노빈손에게 포숙아가 다가왔다.

백 발 백 중 ─────

일백 백百 | 필 발發 | 일백 백百 | 가운데 중中 총포나 활 따위를 겨누어서 쏠 때 목표하는 곳마 다 정확하게 맞히는 것을 말한다. 예) 노빈손이 쏘는 새총은 항상 백발백중이었다.

"좋으냐?"

"그럼요. 포숙아 아저씨는 안 기쁘세요? 왕위 쟁탈전에서 이기셨잖아요. 아, 관중 아저씨가 마음에 걸리시는 건가요?"

"이젠 너도 내 마음을 아는구나."

"뭐하러 관중 아저씨를 신경 쓰세요? 그날 비겁했던 건 관중 아저씨였다고요. 숨어서 활을 쏘다니."

노빈손의 말에 포숙아의 얼굴이 잠깐 어두워졌다.

그날 사건의 전말顚末은 이러했다.

평소 신분 때문에 잘 드러나지 않아서 그렇지, 남다른 패션 센스뿐 아니라 내면에 예능 감각까지 갖춘 소백은 화살이 자신을 맞힌 순간 순간적인 기지로 넘어졌다. 그러고선 있는 힘을 다해 외마디 비명을 질렀다. 사실 화살은 소백의 가슴이 아니라 조끼 위에 걸친 반달형 청동장식 허리띠에 박혔던 것이다.

반사적으로 상황을 눈치챈 포숙아가 노빈손의 정강이를 광속으로 걸어찼다.

"으악!"

노빈손이 비명을 지르자 포숙아가 얼른 귀에 속삭였다.

"미안하다. 분위기를 보니 큰 목소리로 지르는 네 비명이 필요할 것 같아서. 자, 이제 얼른 큰 소리로 울어라."

"아이고, 아이고."

상황을 파악한 노빈손은 그 자리에 꼬꾸라져 기차 화통을 삶아 먹은 듯한 곡소리를 내었다. 포숙아도 함께 따라 통곡을 하기 시작했다.

전말

넘어질 전顚 | 끝 말末 어떤 일이나 사건이 진행되어 온 경위를 시작부터 끝까지 통틀어 가리키는 말이다. 예) 그 사건의 전말이 밝혀지자 피해자와 가해자가 뒤바뀌게 되었다.

노빈손은 곡소리를 내면서 포숙아에게 구시렁거렸다.

"아무리 그래도 그렇지. 정강이를 그렇게 세게 차시면 어떡해요? 아이고! 아이고!"

"네가 이해 좀 해라. 나도 내 발길질이 그렇게 셀 줄 몰랐다. 아니면 은근히 네게 쌓인 게 많았거나. 너도 좀 네 자신을 돌아보거라. 왕자님! 왕자님!"

둘의 대화를 듣던 소백 왕자의 몸이 웃음을 참느라 잠시 꿈틀거렸지만 이내 시체처럼 움직임이 그쳤다. 아무 영문도 모르는 수행원들만 소백 왕자의 명연기에 안절부절못할 뿐이었다.

결국 죽은 척하여 관중네 진영을 방심放心시킨 소백 왕자는 규 왕자보다 먼저 제나라로 입성하는 데 성공하였고, 끝내 환공이라는 이름으로 왕위에 올랐다.

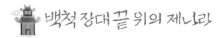

백척 장대 끝 위의 제나라

소백 왕자가 무사히 왕위에 올라 제환공이 되고 나서 며칠 뒤. 신하 한 명이 급히 어전으로 달려 들어왔다.

"크, 큰일 났습니다, 전하."

"무슨 일이오?"

방심 ─────────────

놓을 방放 | 마음 심心 긴장이 풀린 나머지 마음을 다잡지 않고 놓아 버리는 태도를 말한다. 예) 일이 다 끝나고 방심했을 때가 가장 위험하다.

제환공이 묻자 신하가 대답했다.

"글쎄 노… 노나라가 개… 개… 개……."

"어허. 아무리 노나라가 하찮기로소니 개라고 표현하는 건 대국의 품격에 맞지 않소."

"그게 아니라, 노나라 군대가 개미 떼처럼 몰려 들어오는 중이라고 하옵니다."

"뭐라고? 어느 정도 규모인가?"

"노나라 왕이 전군에 총 동원령을 내려 직접 이끌고 있는데, 달려오며 일으키는 흙먼지가 하늘을 다 덮을 정도라 하옵니다."

듣고 있던 포숙아가 제환공에게 말했다.

"그렇다면 누군가가 노나라를 부추겨 전면전을 일으킨 것입니다. 관중의 전략임에 틀림이 없습니다."

제환공의 얼굴이 일그러졌다. 평소답지 않게 말이 거칠어졌다.

"왕으로 즉위한 지 얼마나 되었다고, 그 틈을 타서 쳐들어오다니 노나라가 실로 괘씸하구나. 게다가 관중 이놈은 승부에 진 것을 인정 못한 채 또 나를 노리다니! 내 이놈들을 그냥."

제환공이 포숙아를 쳐다보았다.

"스승님, 스승님께서 적군을 막아 주시겠습니까?"

포숙아가 양손을 가지런히 모으고 절을 하며 대답했다.

"여부가 있겠습니까? 전하 분부대로 분골쇄신粉骨碎身하여 적을 격퇴시키겠습니다. 전쟁으로 고단한 제나라 백성들의 눈에서 눈물을 닦아 주고, 우리 어린아이들이 평화를 노래하며 춤추는 세상을 만들

분골쇄신

가루 분粉 | 뼈 골骨 | 부술 쇄碎 | 몸 신身　뼈가 가루가 되고 몸이 부서진다는 뜻으로, 있는 힘을 다해 노력한다는 말이다. 예) 반장선거 후보연설에 나간 노빈손은 '급우들의 뜻을 받들어 분골쇄신 노력을 아끼지 않겠다' 며 탁자를 두 손으로 내리쳤다.

粉骨碎身

도록 하겠습니다. 이 땅에는 제나라와 전하의 깃발만이 나부낄 것입니다."

 ## 노빈손, 비장의 전법

　포숙아는 노나라에 맞서 군대를 이끌고 전장에 나갔다. 그러나 상황이 좋지 않았다.

　"큰일 났습니다. 노나라 군대의 기세가 심상치 않습니다. 최전방 부대가 뚫렸습니다."

　다급한 전령의 보고를 들은 포숙아는 각 부대 지휘관들 앞에서 무겁게 입을 열었다.

　"우리나라 군대의 사기는 높지만 저들에 비하면 중과부적衆寡不敵입니다. 같이 맞불을 놓아 전면전으로 가면, 비록 이긴다 해도 출혈이 너무나 심할 것입니다. 효과적으로 막을 수 있는 길을 찾아야 합니다. 무슨 묘안이 없겠습니까?"

　지휘관들이 각자 한마디씩 던졌다.

　"어떻게 노나라 군대를 일으킬 수 있었는지, 관중의 수완이 놀랍기만 하군요. 비록 노나라가 약소국이긴 하지만, 이렇게까지 전면전으로 달려들면 우리가 간단히 이기기가 어렵습니다."

중과부적 ────────

무리 중衆 | 적을 과寡 | 아닐 부不 | 대적할 적敵　적은 숫자로는 도저히 많은 숫자를 당해낼 수 없음을 표현한 말이다. 예) 피구 경기에서 혼자 남은 나는 열심히 공을 던지며 싸웠지만, 2반 아이들을 다 물리치기에는 중과부적이었다.

衆寡不敵

"계속 지도자가 바뀌느라, 우리나라에 정치적으로나 군사적으로나 일대 혼란이 왔지 않습니까. 관중은 우리가 이제 막 수습 단계라는 약점을 파고든 것입니다. 노나라 입장에서는 시의적절時宜適切한 도발일 겁니다. 관중의 정세 판단이 소름 돋도록 예리하군요."

포숙아의 얼굴에 드리운 그림자가 더욱 짙어졌다. 포숙아와 휘하 장수들은 지형도를 보며 작전 구상에 골몰했다. 그러나 마땅한 답이 나오지 않았다.

"아이쿠!"

막사 한구석에서 졸던 노빈손이 의자에서 굴러떨어졌다.

"불난 집에 불자동차 타고 가서 소변으로 화재 진압을 하는 꿈을 꾸고 있었는데, 잠을 깨지 않았으면 크게 망신살 뻗칠 뻔했네."

부리나케 화장실을 다녀오던 노빈손은 아직도 장수들이 회의 중이라는 사실을 뒤늦게 깨달았다.

"아까부터 무슨 회의를 그렇게 오래 하시는 거예요?"

"정보 담당관이라는 녀석이 이 와중에 잠이 오냐? 참 대단한 능력이다, 그것도."

포숙아는 기막혀하면서도 상황을 설명해 주었다. 다 듣고 난 노빈손은 무심코 한마디 했다.

"아웅 졸려, 적은 수의 군사로 많은 수의 적을 포위하려면 학익진만한 게 있나요?"

"학익진이라고?"

"네, 한자로는 학 학鶴, 날개 익翼, 진칠 진陣. 말 그대로 학의 펼

때 시時 | 마땅할 의宜 | 맞을 적適 | 끊을 절切 진행되는 상황이나 조건에 꼭 알맞아 적당한 상태를 말한다. 예) 점심 시간 직전에 무엇을 먹을지 이야기하는 것은 시의적절한 화제라고 볼 수 있다.

친 양 날개처럼 반원을 그리며 진을 형성하는 것이죠. 작전 개념이 단
순하고 명쾌해서 아직 전열이 채 정비되지 않은 제나라 군대에게는
안성맞춤이에요. 딱입니다."

"어디, 좀 더 자세히 설명해 보거라."

포숙아의 귀가 번쩍 뜨였다. 그를 본 몇몇 장수들이 분통을 터트렸
다.

"사령관님, 이 절박한 때에 어떻게 저런 애송이의 허무맹랑虛無孟

빌 허虛 | 없을 무無 | 맏 맹孟 | 물결 랑浪 터무니없이 허황되거나 비현실적인 이야기나 풍문을
일컬어 허무맹랑하다고 표현한다. 예) 그 영화는 아무리 판타지라도 너무 허무맹랑해서 오히려 재
미가 없더라.

浪한 소리에 귀 기울이십니까?"

포숙아가 점잖게 장수들을 타일렀다.

"여태까지 작전 회의를 했지만 아무 뾰족한 수가 없었지 않았는가? 학익진보다 더 나은 방안이 있으면 내놓아 보게. 그대들은 백전노장 百戰老將의 뛰어난 지도자들이지만, 어린아이한테도 몸을 굽혀 귀 기울일 줄 알아야 더 큰 일을 할 수 있는 법이네."

그러자 머쓱해진 장수들이 한 발 뒤로 물러섰다. 노빈손이 다시 말했다.

"네, 학익진은 한마디로 이야기해 포위 전술이죠. 일렬횡대의 일자진 형태를 취하고 있다가, 적이 공격해 오면 중앙의 부대는 뒤로 순차적으로 물러나고 좌우의 부대는 앞으로 달려나가 학의 날개 형태로 적을 포위하며 공격하는 진형입니다."

노빈손이 붓에 먹물을 묻혀 작전도를 그리며 설명하자 다들 노빈손 주변으로 모여들어 귀를 쫑긋하고 경청하기 시작했다.

"학익진은 육상 전투에서 기동력이 뛰어난 기병들이 이용하는 전법이죠. 사실 저도 시뮬레이션 게임에서 배운 거지만요."

포숙아의 눈이 휘둥그레졌다.

"시뮤인지 뭔지는 잘 모르겠다만, 네가 이렇게 전법에 밝은 줄은 몰랐구나. 그리고 제나라 군대가 전통적으로 기병의 기동력이 뛰어난 건 또 어떻게 알았냐?"

노빈손의 어깨가 으쓱해졌다. 설명을 들은 포숙아와 부하 장수들이 모두 고개를 끄덕였다.

백전노장

일백 백百 | 싸움 전戰 | 늙을 로老 | 장수 장將 많은 전투를 치른 노련한 장수란 뜻으로, 경험이 많아 여러 가지로 능한 사람을 이르는 말이다. 예) 한국 팀에는 순간적인 집중력이 떨어지는 약점이 있다고 백전노장 히딩크 감독이 말했다.

"대단하구나, 노빈손. 좋다, 학익진으로 전투에 임하도록 하겠다. 이 전투가 승리로 끝나면 네 공이 가장 크겠구나."

포숙아는 물고기무늬 갑옷 한 벌을 노빈손에게 내주었다.

"빈손아, 너도 나 좀 도와다오. 설마 강 건너 불구경하듯 하지는 않겠지?"

"아, 아저씨. 전 대놓고 싸우는 건 자신 없다고요. 기상천외奇想天外한 작전을 세우는 건 잘하지만, 싸움은 젬병이에요."

노빈손이 뒷걸음치며 말했다. 하지만 포숙아도 끈질겼다.

"꼭 앞에 서라는 얘기는 아니다. 뒤쪽에라도 서 있어라. 그렇지 않아도 노나라의 공격 앞에 무서워하고 있는 백성들을 동요시키지 말아다오."

포숙아는 부하들에게 붉은 안료와 문방사우, 깃발을 가지고 오라고 명령했다. 그러더니 군복에 붉은 안료를 바르게 하였다.

"빈손아, 너더러 전투에 참가하라는 소리는 안 할 테니 이 붉은 갑옷을 입고 군대 맨 뒤에 서 있기만 해라."

天降紅衣將軍

"이게 무슨 말이에요?"

포숙아가 벼루에 먹을 갈아 깃발에 글씨를 쓰자 노빈손이 물었다.

"천강홍의장군, 즉 하늘에서 온 붉은 옷 입은 장군이란 뜻이지."

"네? 제가요? 그럼 제가 곽재우 장군이나 『반지의 제왕』의 간달프

기상천외 ————

기이할 기奇 | 생각 상想 | 하늘 천天 | 바깥 외外 생각이나 착상이 보통 사람은 쉽게 상상할 수 없을 정도로 엉뚱하고 기발하다는 뜻이다. 예) 그의 제안이 하도 기상천외해서 우리는 잠시 할 말을 잊었다.

奇想天外

쯤 되는 건가요?"

"허허허, 그게 뭔지는 모르겠다만, 엄청난 크기의 머리통을 가진 존재가 강렬하고 눈에 띄는 붉은색 옷을 입고서 진 뒤에서 지휘를 하는 것을 보면 적군들에게 충분히 심리적 위협이 될 수 있을 거야."

하지만 노빈손은 안심이 안 되는지 무리한 주문을 했다.

"좋아요. 하지만 저처럼 머리가 큰 병사 열 명을 뽑아서 모두 똑같은 옷을 입혀 주세요. 시선 좀 분산시켜 놓게요. 아무리 부대 맨 뒤라도 혼자는 너무 무서워요. 안 그러면 도망쳐 버릴 겁니다."

그러자 주위의 부관들이 거들었다.

"사령관님, 그거 괜찮은 생각 같습니다. 곳곳에서 천강홍의장군이 나타나면 아마 저들의 정신을 혼란混亂시키는 효과가 있을 겁니다."

포숙아는 만족스러운 듯 고개를 끄덕였다.

"알겠다, 빈손아. 이런 고도의 심리전술을 쓰게 되다니 왠지 느낌이 좋구나. 과연 네 머리통만큼 큰 머리를 가진 사람이 열 명씩이나 있을지는 의문이지만서도."

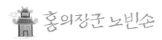

홍의장군 노빈손

준비를 마친 포숙아가 휘하 장수들에게 명령을 내렸다.

———————————————————————— 혼란

섞일 혼混 | 어지러울 란亂 일 따위가 갈피를 잡을 수 없게 뒤섞여 어지럽다는 뜻이다. 예) 조선 말에 병인양요가 일어나자 프랑스 군대가 외규장각의 고서 등을 약탈했다.

"적을 가운데로 유인한 후 학익진을 펼치시오! 노빈손, 너는 맨 뒤에서 작전지휘를 하는 것처럼 연기를 해 다오."

제나라 군대는 포숙아의 지휘에 따라 평야에서 적군과 접전을 벌이다가, 후퇴하는 척하며 제나라 진영 깊숙한 곳에 있는 계곡까지 노나라 군대를 끌어들였다. 학익진을 펼칠 장소에 도착한 제나라 군대가 뒤로 휙 돌아 날개 대형으로 섰다.

"기마 부대들은 진격하라!"

돌격 명령이 떨어지자 날랜 기병들이 양쪽 끝에서 내달리기 시작하더니, 이내 큰 반원 모양의 진형을 갖추기 시작했다.

"이게 뭐하자는 건가? 제나라 놈들이 겁을 먹더니 정신이 이상해진 것 같구나. 둥글게 둥글게 빙글빙글 돌아가며 춤이나 추거라. 으하하하하핫."

계속된 승전으로 기세등등氣勢騰騰해진 노나라 왕이 학익진을 크게 비웃었다. 그러나 관중은 왠지 불안한 느낌이 드는 것을 감출 수 없었다.

'이 까닭 모를 서늘한 기분은 뭐지?'

관중이 황급히 말했다.

"포숙아가 군대를 총지휘하고 있다고 하는데, 그는 함부로 얕잡아 볼 상대가 아닙니다. 경계를 늦추시면 안 됩니다, 전하!"

한편, 노나라 군대가 성난 파도처럼 계곡 안으로 밀고 들어오자 포숙아가 홀을 잡고 전군에 명령을 하달했다.

"위대한 제나라의 용맹한 병사들이여! 멈추지 말고 진군하라!"

기세등등

기운 기氣 | 형세 세勢 | 오를 등騰 | 오를 등騰 매우 높고 힘차게 기세가 뻗쳐서 점점 더 강해지는 모양새를 말한다. 예) 그렇게 기세등등했던 로마제국이 몰락한 진짜 이유는 무엇일까?

고수들이 크게 북을 울렸다. 성벽 위에 선 노빈손은 엄청난 숫자의 노나라 군대가 몰려드는 장면을 보고 기겁했다.

"흐악, 마치 『반지의 제왕』의 헬름 협곡 전투 장면 같다. 저 개미 떼 같이 몰려드는 병사들 좀 봐. 예나 지금이나 중국 땅에는 정말 사람이 많구나."

노빈손이 그렇게 중얼거리는데 , 뒤에서 다음 지시가 떨어졌다.

"다 물러갈 데까지 공격을 멈추지 말랍신다. 전군은 화살을 발사하라!"

발사 명령을 내리자 뒤쪽에서 대기 중이던 군사들이 계곡 위에서 화살을 비 내리듯이 퍼부었다. 제나라 군사들이 순식간에 양쪽 포위망을 좁혀 들어오자, 노나라 군대는 독 안에 든 쥐처럼 이리저리 갈팡질팡하며 지리멸렬支離滅裂해졌다.

"후퇴하라~!"

노나라 군대는 혼비백산하여 도망치기 급급했다. 그러는 와중에 붉은 옷을 입은 노빈손을 본 병사들은 공포에 질려 전의를 상실했다.

"저, 저 성채 위의 붉은 옷을 입은 장수는 처음 보는데? 누구야?"

"육안으로도 구별되는 저 큰 머리통을 봐. 저 신비로운 몸동작들은 기마 부대를 더 불러내려는 주술 행위가 분명해. 저건 인간이 아닌 것 같다. 붉은 악마야, 붉은 악마."

"붉은 악마가 기마병들을 자꾸 자꾸 불러내고 있다. 도망가자!"

허둥지둥하던 관중은 급격히 전세가 기우는 것을 보며 고개를 절레절레 흔들었다.

지리멸렬

갈릴 지支 | 떨어질 리離 | 멸할 멸滅 | 찢어질 렬裂 갈가리 흩어지고 찢겨서 세력이 약해지는 모양새를 말한다. 예) 우리 반은 체육대회 축구 결승에서 역전골을 허용하자마자 지리멸렬해졌다.

"도대체 이게 무슨 전법이란 말이냐? 숫자가 훨씬 많은 우리가 포위되다니 믿을 수 없구나."

생전 처음 보는 진형을 갖추고 포위망을 좁혀 드는 제나라 군대의 기습 작전에, 노나라는 기세가 완전히 꺾이고 말았다.

그때 소홀이 선봉에 서서 벽력霹靂같이 고함을 질렀다.

"두려워할 거 없다. 하늘에서 내려오는 것은 비, 눈, 우박밖에 없다! 저따위 사기 전술에 현혹되지 말고 나를 따르라! 명령 없이 후퇴하는

霹靂

벽력 ───────────

벽력 벽霹 | 벼락 력靂 구름과 땅 사이에서 발생하는 대량의 전기 현상, 즉 벼락을 가리킨다. 예) 이때 장비가 '이 놈 오느냐!' 하고 벽력같이 소리를 지르자, 하후상이 그 소리에 놀라 말 아래로 굴러떨어졌다.

자는 내 칼이 용서치 않을 것이다."

소홀은 병사들을 독려하며 앞으로 나아갔다.

"돌격 앞으로!"

"와아~ 와~아."

포숙아는 깜짝 놀랐다. 대패한 줄 알았던 노나라 진영이 저토록 기세 좋게 다시 쳐들어올 줄 몰랐기 때문이다.

"허어, 이런! 달려오는 모양새를 보니 노빈손 너를 겨냥하는 것 같구나. 일단 이곳에서 이동하자."

"엄마야~! 아저씨, 저 무서워요. 지난번에 부탁드렸던 열 명을 지금 빨리 배치시켜 주세요. 빨리요."

"알았으니 진정해라! 여봐라, 다들 나와라!"

포숙아가 일갈하자, 노빈손의 차림을 한 사람들이 곳곳에서 솟아났다. 노빈손만 바라보고 뛰어오던 소홀과 병사들은 노빈손이 열 명으로 늘어나 사방에서 북을 치자 우왕좌왕했다.

"내가 바로 천강홍의장군이다. 어서 오너라."

"여기도 있다!"

"여기도 있다!"

그 모습을 본 노나라 병사들은 다시 전의를 잃었다.

"붉은 악마가 이제 분신술分身術까지 쓰는구나! 아이고, 무서워라."

"이러다가 우리 다 죽겠다. 빨리 달아나자!"

노나라 병사들은 도망가기 시작했고, 소홀도 병사들을 따라 물러날

분신술

나눌 분分 | 몸 신身 | 재주 술術 자기 자신을 여러 명 만들어내서 상대를 공격하는 전설 속의 술법을 가리킨다. 예) 분신술을 써서 자기 자신을 잔뜩 만들어낸 나루토가 적과 맞섰다.

分身術

수밖에 없었다. 제나라 군대는 한 명도 놓치지 않겠다는 듯 그 뒤를 쫓았다.

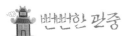 뻔뻔한 관중

결국 전쟁은 제나라의 대승으로 끝났다. 완전히 궁지에 몰린 노나라는 제나라의 환공에게 조공을 바치며 화친을 청했고, 외교 분쟁을 신속히 마무리하기 위해 서둘러 규 왕자를 처형했다. 관중은 환공의 요구에 따라 제나라로 압송시키기로 했다.

관중이 끌려가는 것을 지켜보던 노나라 사람들은 하나같이 관중을 욕했다.

"소홀의 최후에 대해 들었어? 소홀은 진정한 남자였지. 기회주의자 관중과는 달라."

"자신이 모시던 주군의 안녕을 위해 끝까지 싸우다 죽었다는군. 그 상황에서 꽁무니 빼면서 달아나다 잡힌 누구와 참 비교되네."

누군가 소홀이 남긴 시를 읊었다.

가을바람 소슬하게 불어오니
낙엽 소리 처량하게 들리누나

悲憤慷慨

비분강개 —————

슬플 비悲 | 분할 분憤 | 강개할 강慷 | 분개할 개慨 의롭지 못하고 잘못된 상황에 슬프고 분한 마음이 북받치는 것을 말한다. 예) 초나라의 굴원은 조국이 멸망해 가는 것에 비분강개하는 시를 남긴 시인으로서 유명하다.

사내 인생 한 번이면 족하나니
굳은 절개 산이 되고 강이 되리

"그것 참, 소홀의 비분강개悲憤慷慨한 마음이 잘 드러난 시구먼.
소홀은 참 충성스러운 신하였네."

사람들의 야유 속에 관중을 데려가던 관리가 물었다.

"관중, 당신이 원한다면 명예롭게 생을 마감할 수 있도록 배려하겠
소."

"……."

관중은 한동안 말이 없다가 입을 열었다.

"아니오, 정중히 사양하겠소. 나는 할 일이 많은 사람이오. 어서 나
를 묶어 제나라로 보내 주시오. 사람은 남의 나라가 아니라 제 나라에
가서 살아야지."

그 말을 들은 노나라 사람들이 손가락질을 해 댔다.

"저 관중 보게. 목숨을 구걸하러 가는군. 떡 줄 놈은 생각지도 않는
데 뭐부터 마신다더니, 뻔뻔하게시리. 가서 분명히 비참하게 죽임을
당할 것이 뻔한데 말이야."

"저런 인간도 남자라고. 소홀 같은 부하가 한 명밖에 없었다는 것이
규 왕자에겐 불행이었어. 기회주의자가 최고 참모였으니 말이야."

"저놈 농간弄奸에 죽은 노나라 군사들만 불쌍하다. 쯔쯔."

픽! 픽!

누군가가 달걀을 던졌다. 그러자 사람들이 손에 잡히는 대로 물건

농간

희롱할 롱弄 | 간사할 간奸 다른 사람을 속여서 피해를 주는 간사한 짓거리를 가리킨다. 예) 그녀
는 점쟁이의 농간에 놀아나 전 재산을 탕진하고 말았다.

을 관중에게 던지기 시작했다. 관중이 제나라로 돌아가는 길은 돌이며 지푸라기며 신발이 날아다니는 난장판이 되고 말았다. 하지만 관중은 다만 눈을 감고 가만히 있을 뿐이었다.

 세상을 향해 날아갈 화살

한편 제나라에서는 관중을 어떻게 할 것인지에 대한 논의가 한창이었다. 제환공이 포숙아에게 말했다.

"규 왕자는 노나라에서 알아서 처리하도록 하라 했소. 비록 어머니는 다르다고 하나, 나와 한 형제간이니 직접 어떻게 하지는 못하겠소. 하지만 관중만은 내 눈앞에 산 채로 끌고 오라고 했소이다. 이 원수놈을 내 눈앞에서 직접 처형할 생각이오."

그러자 포숙아가 제환공의 발 앞에 엎드려 머리를 조아리며 말했다.

"전하, 관중을 그렇게 하시면 아니 되옵니다."

"아니, 왜 그러십니까?"

"자고로 현명한 군주는 앙심怏心을 품지 않는다고 하였습니다. 관중을 반역범으로 몰아 죽이는 것은, 한순간의 복수심 해소는 된다 하더라도 긴 안목에서 보면 크나큰 손실입니다. 전하께서 스스로 제나

앙심

원망할 앙怏 | 마음 심心 상대에게 원한을 품고 앙갚음하려고 벼르는 마음을 가리킨다. 예) 그는 유치원 때 자기를 오줌싸개라고 놀린 말숙이에게 앙심을 품어 왔다.

라만 다스리는 군주에 만족하신다면 저를 쓰십시오. 하지만, 어지러운 천하를 바로잡는 패왕이 되시려면 반드시 관중을 쓰십시오. 전하를 도와 그 일을 성취成就해 낼 능력이 있는 사람은 이 세상에 오직 관중 한 명밖에 없습니다."

"그래서요?"

포숙아가 힘주어 대답했다.

"관중을 전하 다음가는 이 나라의 재상 자리에 앉히시옵소서."

이 말을 들은 제환공이 발끈하였다.

"뭐라고요? 그걸 지금 말이 되는 소리라고 하십니까?"

분위기가 험악하게 돌아가자 전투 일등 공신 자리에 앉아 있던 노빈손이 불쑥 끼어들었다.

"에이, 포숙아 아저씨. 그건 농담이 좀 지나치신 것 같아요. 전하 기분 언짢으시겠어요. 어서 풀어 드리세요, 얼른요!"

그제야 제환공이 목소리를 가라앉히고 말했다.

"노빈손의 말이 맞습니다. 스승님이 당연히 재상 직책을 맡아 주셔야 합니다. 그 농담은 상황에 어울리지 않습니다. 그냥 웃어 드리지요. 허허."

"전하, 저의 말은 농담이 아니옵니다."

"참 내, 아무리 그래도 그렇지. 소백 왕자님, 아니 전하와 입장을 바꿔서 생각해 보시라구요. 자기를 암살하려 했던 자를 최고 요직에 앉히라고 한 것은 좀 심하잖아요."

약방의 감초 노빈손이 또 끼어들며 말했다. 제환공이 입술을 꽉 깨

성취

이룰 성成 | 나아갈 취就 노력하고 목적하던 것을 끝내 이루어 낸 상황을 말한다. 예) 너의 소원을 성취하려면 우선 강한 의지가 필요하다.

물었다.

"이번에도 노빈손의 말이 맞습니다. 내 다행히 천우신조로 목숨을
건졌지만, 그 섬뜩했던 독화살의 기억은 평생 꿈에도 잊을 수 없습니
다. 절치부심切齒腐心해 왔으니, 그놈을 반드시 요절을 내고야 말
것입니다."

절치부심

끊을 절切 | 이 치齒 | 썩을 부腐 | 마음 심心 몹시 분해 이를 갈며 마음을 썩인다는 뜻으로, 원수
를 갚기 위해서나 일의 성공을 위하여 노력함을 비유한 말이다. 예) 이번 시험에는 절대 떨어지지
않도록 절치부심하여 공부했다.

포숙아는 더욱 간절하게 요청을 했다.

"아니 아니 아니 되옵니다. 평화와 번영은 그냥 오지 않습니다. 피해자와 가해자가 서로 상처를 보듬는 용서와 화해가 필요합니다. 부디 왕께서는 대인의 풍모를 갖추십시오. 그리하면 천하의 인재도 얻고, 만인이 전하를 존경하며 우러러볼 것입니다. 제가 아는 관중은 오래전부터 천하 경영을 위한 큰 배포와 포부를 갖고 있었으며, 구체적인 방안을 담은 저술만 해도 큰 수레에 한가득 싣고도 남을 정도입니다. 현재 그는 단연 군계일학群鷄一鶴입니다."

제환공은 고개를 숙이고 한참 동안이나 골똘히 생각에 잠겼다.

"관중이 인물이라는 것은 인정합니다. 하지만 이건 나더러 원수를 사랑하라는 말인데… 끄응……."

제환공이 한 번 신음 비슷한 소리를 낸 후 무거운 침묵이 흘렀다. 잠시 후 정적을 깨고 제환공이 입을 열었다.

"듣고 보니 일리가 없지는 않군요. 그럼 나만 용서하면 되는 일입니까?"

"네, 그렇습니다. 그렇게만 하시면 전하를 향해 활을 쏘았던 관중이 이제 전하를 위해 세상을 쏠 것입니다."

제환공은 결심을 굳힌 듯 눈썹에 힘을 주며 말했다.

"흠… 그까짓 거, 일단 한번 과인이 관중에게 얘기해 보지요."

그러자 포숙아가 그 자리에 꿇어 엎드리더니 큰 소리로 간청을 했다.

"그 정도 가지고는 안 됩니다. 단순한 용서가 아니라 최고의 대우와

군계일학

무리 군群 | 닭 계鷄 | 한 일一 | 두루미 학鶴　　무리 지어 다니는 닭 무리 가운데에 학이 한 마리 있다는 뜻으로, 평범한 사람들 가운데 혼자 섞여 있는 뛰어난 사람을 이르는 말이다. 예) 퍼펙트게임을 성공시킨 그 투수는 이날 경기에서 단연 군계일학이었다.

정성으로 맞이하셔야 합니다."

노빈손이 또다시 대충 눈치를 보면서 끼어들었다.

"전 도무지 이해가 안 되는걸요. 관중 아저씨는 적인데 그런 대우까지 해 줘야 하나요?"

포숙아가 앞에 놓인 술잔을 들어 보이며 말했다.

"가랑잎은 술잔 한 잔 정도의 물만 있어도 둥둥 뜨지만, 큰 전함을 띄우려면 바닷물이 필요한 법입니다. 큰물이 없으면 제아무리 용이라 할지라도 승천은커녕 개미 떼한테조차 이기지 못합니다. 큰 인재에겐 그에 걸맞은 대우가 반드시 필요합니다. 부디 저의 청을 거절하지 마십시오."

노빈손이 입을 삐죽이며 말했다.

"아, 왜 그렇게 어렵게 말하세요? 정치하시는 분들은 다 그래야 하나요? 좀 쉽게 설명해 주시라고요. 그러니까 한마디로 관중 아저씨가 백 년에 한 번 날까 말까 한 팔불출(八不出)의 인재라는 거죠?"

포숙아가 빙그레 웃으며 말했다

"그래. 다 맞는 말인데, 팔불출은 불세출(不世出)로 바꿔야겠지?"

"그, 그런가요?"

"와하하하하!"

심각한 분위기 속에서 좌불안석坐不安席하던 신하들이 모두 웃음을 터트렸다. 분위기가 한결 가벼워지자 제환공이 다시 한 번 더 물었다.

"좋습니다. 그럼 스승님은 친구를 위해 자신이 누릴 수 있는 모든

坐不安席

좌불안석 ─────────────

앉을 좌坐 | 아닐 불不 | 편안할 안安 | 자리 석席 앉아 있어도 자리가 편하지 않다는 뜻으로, 불안과 걱정 때문에 한자리에 편안히 앉아 있지 못하고 안절부절못하는 것을 의미한다. 예) 팀이 계속 패배하자 감독의 마음은 그야말로 좌불안석이었다.

것을 포기해야 할 텐데, 괜찮으시겠습니까?"

"네. 저는 괜찮습니다. 저는 그 친구를 위해서라면 저의 목숨까지도 내놓을 수 있습니다."

노빈손이 감탄사를 연발連發했다.

"하여튼 포숙아 아저씨, 정말 대단한 대인배시다. 관중 아저씨에 대해서라면 엄마의 사랑에 버금가시네요."

관중의 인생역전

이윽고 관중이 임치에 들어섰다. 제환공은 손수 관중을 묶은 오라를 풀어 주고 최고의 예를 표하며 맞이했다.

"관중, 지난 일은 모두 잊읍시다. 이제부터는 새 시대를 열어 갈 나의 신하가 되어 주시길 바라오."

관중은 조금도 사양하지 않고 그 자리에서 두말없이 수락했다.

"여부가 있겠습니까. 혼신의 힘을 다해 받들어 모시겠습니다."

관중이 재상 자리에 오르자 축하 연회가 성대하게 벌어졌다. 여기저기 자리에 불려 다니며 호탕하게 웃는 관중을 보며 노빈손이 말했다.

"관중 아저씨, 솔직히 좀 실망이에요. 변신하는 시간이 이렇게 짧다

연 발

이을 연連 | 필 발發 총이나 화살 등을 연달아 내쏜다는 뜻으로, 연이어 똑같은 행동을 반복한다는 말로도 쓰인다. 예) 노빈손은 할머니가 삶아 주신 닭 백숙을 먹으면서 맛이 좋다며 감탄사를 연발했다.

니."

그러자 포숙아가 얼굴을 붉히며 노빈손을 야단쳤다.

"노빈손! 너는 이때까지 관중을 겪어 놓고도 아직도 관중을 모르느냐?"

"아유, 또 이러신다. 대인배신데 왜 관중 아저씨 말만 나오면 흥분하시는지 몰라. 혹시 관중 아저씨 얘기가 역린逆鱗이에요?"

포숙아는 이내 평온을 되찾으며 말을 했다.

"어흠, 관중의 사람됨이 다른 사람들과는 차원이 다르다는 사실을 네가 모를 수도 있겠구나. 관중은 작은 의리를 지키지 못하는 것을 부끄러워하지 않고, 더 큰일을 하지 못하는 것을 부끄러워하는 사람이다. 그렇게 겉으로 드러나는 행동만으로 평가절하할 인물이 아니란다."

노빈손이 고개를 절레절레 저으며 말했다.

"참 그 친구에 그 친구군요. 그나저나, 왜 관중 아저씨 곁에 계시지 않고 여기 앉아 계신 거예요? 아저씨는 오이 소백이, 아니 환공이 왕위에 오르는 데 가장 큰 공을 세우셨으니 높은 자리에 있어도 되잖아요? 혹시 좀 섭섭하신 거 아니에요?"

사람들 눈에 잘 띄지 않는 구석진 자리에 앉아 있던 포숙아가 환한 미소를 지어 보이며 대답했다.

"허허허, 오늘은 내가 태어나서 가장 기쁜 날인데, 섭섭하기는. 왠지 내가 같이 있으면 관중이 덜 빛나 보일 것 같아서 말이야. 난 역사의 뒤안길로 사라져도 괜찮다. 이젠 관중의 시대이거든. 그를 밝은 빛

역린

거스릴 역逆 | 비늘 린鱗 용은 본래 순하지만 턱 아래에 거꾸로 난 비늘을 건드리면 사나워진다는 전설에서 나온 말로, 건드리면 폭발하는 상대의 약점을 표현할 때 쓴다. 예) 그 녀석은 자신이 뚱뚱하다고 생각하기 때문에 몸무게 얘기가 나오면 화를 낸다. 몸무게 얘기는 그의 역린이다.

으로 만들기 위해서 친구가 할 도리는 그것밖에."

고개를 돌리는 포숙아의 얼굴에 슬픈 기색이 살짝 스쳐 지나갔다.

  태산 기슭의 한 호수. 검푸른 밤하늘에 휘영청 달이 떠올랐다. 거울처럼 잔잔한 호수에도 달이 내려와 앉았다. 그곳에 큼직한 삿갓을 쓴 한 남자가 낚싯대를 드리우고 정지화면처럼 앉아 있었다.

  이윽고 사람 그림자 하나가 그에게로 다가갔다.

  "이 사람, 포숙아. 여기 와 있었구려."

  삿갓을 쓴 남자가 뒤를 돌아보았다.

  "아니, 관중 자네! 이 바쁜 와중에 여기는 웬일인가? 천하를 경영하고 있는 사람이 이런 곳에 다 행차하다니. 자네가 과감한 개혁改革 정치를 펼치며 명성을 떨친 덕분에 제환공께서 춘추 시대의 첫 패권을 잡는 군주가 되었다는 소식은 들었네. 역시 자네답네. 자당께서 얼마나 기뻐하시겠나."

  관중은 포숙아의 어깨를 천천히 감쌌다.

  "제나라가 이렇게 천하를 바로잡는 나라가 된 것은 다 포숙아 자네 덕분이라네. 자네는 내게 아낌없이 모든 걸 내주는 나무라네. 늘 자기만 생각하는 참 못난 사람인 나를 나무라 주게나."

  관중의 말을 들은 포숙아가 잠시 고개를 들어 하늘을 쳐다보며 붉어진 눈시울을 감추었다.

  "사실 나도 자네가 야속했을 때가 왜 없었겠나. 하지만 조건이나 상황에 따라 우정이 흔들린다면 진정한 친구가 아니잖나. 어떤 일이 있

개혁 ————————————————————

고칠 개改 | 가죽 혁革 가죽을 무두질하여 새롭게 고친다는 뜻으로, 정치나 사회의 예전 방식을 합법적인 절차를 밟아 점점 고쳐 나가는 과정을 말한다. 예) 현재의 세금 제도는 개혁할 필요가 있다.

어도 마지막까지 모른 척하지 않는 게 친구지. 그동안 나는 자네의 그
늘이 되어 주는 것만으로도 행복했었다네. 그게 이 세상에서의 가장
값진 내 소임所任이기도 하였지. 자네가 이 세상에 태어나 내 친구
로 살아 주어 정말 고맙네.”

　둘은 한참 동안 함께 호수를 바라보며 말을 잇지 못하였다. 침묵을
깨고 포숙아가 입을 열었다.

　“그런데 팍팍했던 우리의 시간들 속에서 늘 휴식 같았던 친구인 노
빈손은 지금 어디 있는지 아는가? 참 보고 싶네.”

　관중이 씨익 웃으며 말했다.

　“빈손이가 정말 휴식 같던가? 약 올리기나 하고 말대꾸만 따박따박

소임

바 소所 | 맡길 임任 사람이 맡은 직책이나 임무를 통틀어 가리킨다. 예) 대학에는 학문을 발전시
키고 자유와 정의를 수호할 소임이 있다.

所
任

하지 않았나. 특히 자네한테는 더 그랬지. 허허허허."

"하긴 그랬지, 헛헛헛."

너털웃음을 터트리던 관중이 말없이 들꽃 하나를 꺾어 호수에 던졌다. 그러더니 나지막하게 대답했다.

"가 버렸다네."

"아니, 어디로 갔는가?"

"그건 나도 모르네. 정보 관리 총국을 설치하고 그 국장 자리를 제안했지만, 이제 자신의 시간은 다 되었다며 선문답(禪問答) 같은 말만 남기고 떠나고 말았어. 바람처럼 말이야. 자기 바람대로 간다고 아주 신바람이 나 있더라구. 한마디 해 줬지. 어디를 가든지 바람대로 되길 바란다고."

임치 땅의 밤하늘에 민들레 홀씨들이 하얀 눈발처럼 흩날리기 시작했다.

| Cheon SaMa (사마천) 안면서적 |

156년생
하양현 출신
홈 스쿨링으로 중국 고대사 전공
한나라 황실에서 태사령으로 근무했음

나 한비자올시다.

세상에 들도 없는 우정으로 널리 알려진 관중과 포숙아의

뒷이야기를 듣고 느낀 바가 있어

이렇게 저격글을 올린다. 보다시피 궁서체로 적고 있다.

이건 사실이고 지금 내가 진지하다는 거지.

극적인 대반전 막판 뒤집기로 재상 자리에 오른 후

천하에 그 명성을 떨치던 관중이, 과로 때문이었는지 불치병을 얻어서

오늘 내일 하게 되자 환공이 병문안하러 갔다.

이 사실은 안면서적 벗님들도 잘 알 것이다.

하지만 그때, 환공이 '관중의 후계자로서 포숙아에게 재상을 맡기는 게

어떻겠느냐'고 물었다는 사실은 아마 아는 사람이 없을걸.

나니까 이걸 알고 있는 거라구, 나니까.

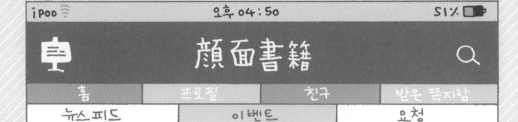
그럼 관중의 충격적인 대답을 한번 들어 보실까요.

"쿨럭 쿨럭, 아, 절대 안 됩니다.
제가 친구해 봐서 잘 아는데, 포숙아는 정신 수양에 문제가 많아요.
겉보기와는 달리 성격이 드세고 괴팍한 데다 사납기까지 합니다.
성격이 드세면 백성을 난폭하게 다스리고, 괴팍하면 인심을 잃게 되며,
사나우면 리더십을 잘 발휘하지 못할 것입니다.
그런데 그는 나서기를 좋아하니 재상으로서는 자격이 미달이어도
한참 미달입니다. 저는 절대 반대에 한 표 던지겠습니다."

이게 뭐냐? 관중이랑 포숙아랑 친하다더니, 흔들리는 우정 뭐 그런 건가?

배은망덕 쩌네 👍 좋아요 54321개

저런 인간인 줄도 모르고… 포숙아만 진심 불쌍하다 👍 좋아요 67890개

말년에 뒤통수치기의 명인으로 등극하는구먼

답답하면 지가 안 죽고 계속하던지

— 포숙아 님이 사마천 님에게 채팅을 신청했습니다 —

顔面書籍

🔍

포숙아 한비자의 글이 자네 안면서적 담장에 올라와 있는 줄 몰랐네.

사마천 아, 포 선생님! 반갑습니다. 이미 다 지난 이야기지만, 기분이 그리 유쾌하진 않으시겠어요. 관중이 그렇게까지 말해야 했을까 싶네요. 법가사상의 창시자인 한비자가 쓴 글이니 허튼 소리는 아닐 텐데.

포숙아 무슨 소린가? 자넨 우리들의 이야기를 담아 스테디셀러가 된 『사기』 「관안열전」의 저자이면서도 아직 관중에 대해 잘 모르는가 보이.

사마천 그게… 사실 짚이는 데가 있긴 하지만……. 무슨 이유에서일지 궁금하네요. 혹시 그 분이 포 선생님을 정말 그렇게 평가하고 있었던 게 아닐까요?

포숙아 하하핫, 관중이 그렇게 평가했다면 맞는 말일세. 그렇기 때문에 그때 내가 물러서고 관중을 재상으로 추천한 것이 아닌가? 나는 그것에 대해 아무런 나쁜 감정이 없다네.

사마천 오홋, 역시 대인배! 우정의 아이콘다우십니다. ♥♥

포숙아 허허, 그런 게 아니라니까. 그것은 관중의 헤아릴 수 없이 깊은 우정에서 나온 멘트일 걸세.

사마천 네에? 그게 깊은 우정이라구요? 설명 좀 해 주시죠. 당최 헷갈려서요. @.@

포숙아 제환공의 최후가 어땠는지, 자네가 누구보다도 더 잘 알잖는가? 관중이 그렇게도 멀리하라고 주의를 주었던 역아, 수조, 상지무, 위공자 계방 같은 희대의 간신배들이 관중이 죽은 후 제환공을 망쳐 놓았잖나. 제환공은 밀실에 감금되어 죽었고, 두 달이 지나 그의 시신에서 구더기가 기어나올 때까지 사람들이 그 사실을 알지 못했단 말이지.

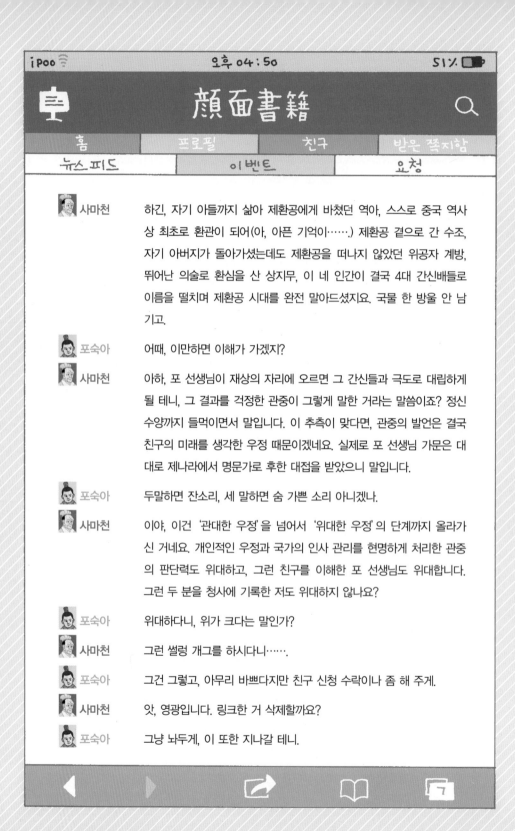

사마천 하긴, 자기 아들까지 삶아 제환공에게 바쳤던 역아, 스스로 중국 역사 상 최초로 환관이 되어(아, 아픈 기억이……) 제환공 곁으로 간 수조, 자기 아버지가 돌아가셨는데도 제환공을 떠나지 않았던 위공자 계방, 뛰어난 의술로 환심을 산 상지무, 이 네 인간이 결국 4대 간신배들로 이름을 떨치며 제환공 시대를 완전 말아드셨지요. 국물 한 방울 안 남기고.

포숙아 어때, 이만하면 이해가 가겠지?

사마천 아하, 포 선생님이 재상의 자리에 오르면 그 간신들과 극도로 대립하게 될 테니, 그 결과를 걱정한 관중이 그렇게 말한 거라는 말씀이죠? 정신 수양까지 들먹이면서 말입니다. 이 추측이 맞다면, 관중의 발언은 결국 친구의 미래를 생각한 우정 때문이겠네요. 실제로 포 선생님 가문은 대 대로 제나라에서 명문가로 후한 대접을 받았으니 말입니다.

포숙아 두말하면 잔소리, 세 말하면 숨 가쁜 소리 아니겠나.

사마천 이야, 이건 '관대한 우정'을 넘어서 '위대한 우정'의 단계까지 올라가 신 거네요. 개인적인 우정과 국가의 인사 관리를 현명하게 처리한 관중 의 판단력도 위대하고, 그런 친구를 이해한 포 선생님도 위대합니다. 그런 두 분을 청사에 기록한 저도 위대하지 않나요?

포숙아 위대하다니, 위가 크다는 말인가?

사마천 그런 썰렁 개그를 하시다니…….

포숙아 그건 그렇고, 아무리 바쁘다지만 친구 신청 수락이나 좀 해 주게.

사마천 앗, 영광입니다. 링크한 거 삭제할까요?

포숙아 그냥 놔두게, 이 또한 지나갈 테니.

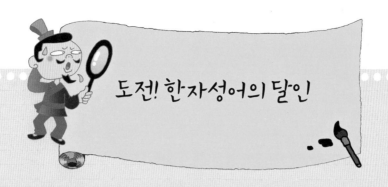

도전! 한자성어의 달인

1. 다음 가상 기사의 ( ) 안에 들어갈 한자성어로 적당한 것은?

> 새로 나온 노빈손 동양고전 『노빈손의 못 말리는 우정 수호 대작전』을 사기
> 위해서 몰려든 사람들이 서점마다 (   )를 이루고 있습니다.

① 인산인해 ② 인제안해 ③ 암산잘해 ④ 계산방해 ⑤ 인생이해

2. 구걸하고 있는 노빈손의 말 중 ( ) 안에 어울리는 말은?

한 푼만
(   )합쇼

① 적선
② 점선
③ 전선
④ 직선
⑤ 조선

3. 노빈손이 여행한 곳 중 휘황찬란(輝煌燦爛)이 어울리는 곳은?
① 아마존 밀림　② 시베리아 벌판　③ 프랑스 베르사유 궁전
④ 남극 세종기지 ⑤ 무인도

4. 백발백중(百發百中)과 가장 잘 어울리는 운동선수는?
① 체조 요정 손연재　② 미녀 궁사 기보배
③ 인간 물개 박태환　④ 황금 날개 이청용 ⑤ 도마의 신 양학선

5. 다음 글의 (   ) 안에 들어갈 말은?

> 필론이 정한 세계 7대 (   )는 △이집트 기자에 있는 쿠푸 왕의 대 피라미드 △바빌론의 공중 정원 △로도스 섬의 크로이소스 거상 △올림피아의 제우스 신상 △에페수스의 아르테미스 신전 △할리카르낫소스의 마우솔루스 왕 능묘 △알렉산드리아의 파로스 등대이다.

① 불가사리 ② 불가리아 ③ 불가사의 ④ 불가마방 ⑤ 관람불가

6. 다음 중 우정과 관련된 한자성어는?
① 한강철교 ② 관포지교 ③ 이단종교 ④ 조기하교 ⑤ 뭐하능교

7. 다음 한자성어를 바르게 읽은 것은?

> # 去 頭 截 尾

① 재두루미 ② 어두일미 ③ 용두사미 ④ 거두절미 ⑤ 이거뭔미

8. 귀소본능(歸巢本能)의 귀소(歸巢)와 의미가 비슷한 것은?
① 트윙클 ② 모던타임즈 ③ 컴백홈 ④ 판타스틱 베이비 ⑤ 댄싱퀸

9. ( ) 안에 들어갈 말로 적절한 것은?

> 노빈손은 예전에 약한 자들을 괴롭히는 (   )들과 17대 1로 싸워서 이긴 적이 있다고 허풍을 떨었다.

① 불광동 ② 불한당 ③ 불여우 ④ 불나방 ⑤ 불도저

10. 다음 (   )에 어울리는 말은?

> 말숙의 할머니가 42.195km 마라톤 코스를 완주하며 (   )을/를 과시했다.

① 노가리 ② 노라조 ③ 노익장 ④ 노파심 ⑤ 노홍철

11. 유유상종(類類相從)과 의미가 가장 비슷한 영어속담은?
   ① Haste makes waste.
   ② A rolling stone gather no moss.
   ③ Experience is the best teacher.
   ④ Birds of a feather flock together.
   ⑤ No pains, no gains.

12. 이순신 장군이 한산대첩에서 사용한 전술은 무엇인가?
   ① 학익진 ② 리무진 ③ 김국진 ④ 노량진 ⑤ 야무진

13. 노빈손은 말숙이가 (   )하며 키우는 강아지의 사료를 과자로 착각하고
    우유에 말아 먹었다.
   ① 애물단지 ② 애지중지 ③ 애가타지 ④ 애들바지 ⑤ 애버리지

14. 붓, 벼루, 먹, 종이를 일컬어 무엇이라고 하는가?
   ① 문책사유 ② 문방사우 ③ 본방사수 ④ 금방사와 ⑤ 짤방사진

15. 어불성설(語不成說)과 가장 뜻이 비슷한 것은?
   ① 말도 안 돼   ② 말로 하면 안 돼?   ③ 얼마면 돼?
   ④ 백 날 해도 안 돼   ⑤ 될 대로 돼

16. 과거에 장원급제한 노빈손은 (   ) 했다.
   ( ) 안에 어울리는 말은?
   ① 금시초문 ② 금토일월 ③ 금도끼값
   ④ 금지약물 ⑤ 금의환향

17. 노빈손이 박장대소(拍掌大笑)한 이유로 적절한 것은?
   ① 코미디 프로그램을 보다가   ② 친구 병문안을 가서
   ③ 선생님께 혼나고   ④ 길을 잃어버려서
   ⑤ 말숙이에게 얻어맞고